わたしの旅ブックス
008

わが天幕焚き火人生

椎名誠

産業編集センター

マゼラン海峡航海記

空から見た絶望と希望のケープホーン

パナマ運河ができるまで大西洋と太平洋をつなぐ海路はこの岬をまわりこむしかなかった。それには365日荒れ狂っている「吠える海峡」ドレイクを越えるしかない。ここにはふたつの世紀をへて何百何千という船が遭難し沈没しているらしい。

静かな海だったが船が進むにつれて大小無数の浮氷塊が静かに流れてきた。すすんでいく先にこれらの氷塊を流したふたつの氷河の開口部(簡単にいうと氷河の滝)がみえる。どちらも1000メートルぐらいの高さがある。マゼラン海峡そのものは今日は気持ちが悪いくらい静かだ。

砲艦が静かに海峡を進んでいくと、地球で一番の様々な氷河があらわれては過ぎていく。一番大きなイタリア氷河は500メートルずつの三段階になって高さ1500メートル。下のほうから氷の柱が海におちている。柱といっても20階建てぐらいのビルが崩壊していくスケールだ。一番上は1500メートルの幅。氷河と砲艦を対比するためにディンギー（ボート）で海峡に出て両方を写真に撮った。それでもまだ正確な大きさの対比を表現できない。

ところどころに氷河が溶けてつくられた伏流水が岩の隙間から怒濤の噴流となって飛び出している。近づいていくとその音にたじろいでしまうくらいだ。写真右上の端のほうに二人の水兵が近づこうとしているがあまりの風圧でこれ以上は接近できない。

砲艦の最後尾。これからの航海に備えて無線収集のアンテナの修理のために乗組員が点検している。しかし毎日嵐、世界最悪の海、ドレイク海峡にまで行ったときは甲板に出ることは禁じられ、船室のなかでただ洗濯機の中のパンツの気分になっていた。でも幸いなことにぼくは船酔いしない体質である、ということがこの航海でわかった。パンツのまま吠える世界最凶の海を撮っておきたかったのだが。（撮影・写真　椎名　誠）

わが天幕
焚き火人生
目次

Ⅳ　さしたることもない日々に…181

〔巻末付録〕交通事故顛末記…239

I

マゼラン海峡航海記

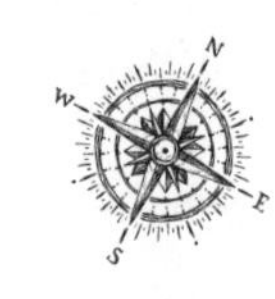

① チリ海軍の砲艦に乗って

風の国パタゴニアへ

　ぼくが初めてパタゴニアに行った一九八三年。当時はどこにその場所があるのか知らなかった。世間の人もあまり知らなかったはずだ。ぼくはどこかの国の名かと思っていたがそうではなく、エリアの名称だった。つまりアジアとかオセアニアとかの。

　南米大陸が怪獣の尾のように南極方面に延びていく。その真ん中へんをまっすぐ国境線が走っており、南極から見て左側が「チリ」、右側が「アルゼンチン」になる。

　パタゴニアはアンデス山脈に沿ってそのふたつの国が相対している地域の総称である。

　今はアメリカにパタゴニアという名をブランドにする総合スポーツメーカーができ、飛行機の便もよくなったのでかなりの人が四季のパタゴニアにおとずれていると聞き、そうか、観光開発されてしまったか。素晴らしいところだから、まあ当然だろうなあと思いつつもやや残念だった。

あれだけ変化があって、厳しくて、しかし、ときにここは天国か、と思わせるような風景が目の前にひろがっていたりする。でも夏に行くと例えばクルマが見るからにヘンだ。殆どのクルマのフロントガラスの前が鉄の網でかこわれているのだ。

パタゴニアは『風のパタゴニア』であり、夏になると凄絶な強風が走りまわる。道路はたいていどこも直線で約五〇キロまっすぐ、なんてのもあるがその街道をクルマで走るのは地元の人でもなかなか難しい。

背の高いアルミ荷台のトラックなどは突風によってむりやり方向転換させられたりするからだ。運がわるければそのまま横転だ。

吹きつける突風は小石まじりだったりするので、強い風で大きな石が激突するとフロントガラスが割れる。

クルマの鉄の網はそのためのガードなのである。

そういうとき人が歩くのはもっと危険だ。早い話、風にヒトが飛ばされてしまうのだ。マンガだとそんな絵がよくあるが、現実におきてしまうから打撲などの怪我をする。そういうことが普通におきる場所なのだった。
のっけからパタゴニアの特徴のひとつを紹介したが、これはパタゴニアに行き着いて自分で体験し、知った話で、日本にいるときはそのような自然状態は何もわからなかった。何かの本に書いてあるのを知ったとしても大袈裟(おおげさ)に書いてあるのだろうというぐらいの反応だった。

季節は日本と逆。今と違ってサンチャゴでの一度のトランスファーで、そのまま行けてしまうのと違って、ぼくが最初に行ったときは、途中カナダのトロントとチリのサンチャゴで飛行機乗り換えのためにホテルに泊まるという、片道二泊三日だった。だから行き帰りの旅程は含めず、さらに到着したら何をするのかもわからず最低一カ月の滞在を考えていた。

地球儀をみるとわかるが、我々の目指すパタゴニアの古い港町は日本のちょうど反対側にあった。真冬のような気温の中で出発したのだが、中継地のひとつ、サンチャゴの気温は三四度あった。冬から夏の国を経由して初春の国にむかうのである。

目的地はいくつか決めていたが、ルートやそれにかかる時間がまったくわからなかったから時間スケジュールというのは立てられなかった。

プンタアレナスはチリ側の最南端の町、あとは海ばかりだ。ここにはその後何度も行ったが隣のアルゼンチンのウシュアイアという町はもっと南になり、そっちが地球最南端の町となる。

マゼラン海峡を見ながら

プンタアレナスは目の前のマゼラン海峡に沿って、ゆるやかな傾斜をつくりながら細長く延びていくところに町がつくられているので、町のどこからでもマゼラン海峡が見られる。つまり、まあどの家も全館全日オーシャンビューだが、ただもういつも暗い海峡で何も面白いものはやってこないから、みんな窓の向こうの海は気にしてないようだった。

季節は春を迎えるいい時期だったが、その日その日によって不安定で、ぼくは羽毛の入ったフィールドパーカーを着なければならなかった。途中経過したサンチャゴの真夏の熱風が詐偽(さぎ)のようである。情報がまるでなく、まだコンピュータも発達していなかったので、ホテルは町のいろんな人に話を聞いて決めた。高台にむかう長い上り道の先にある「ホテルモンテカルロ」というどーにも軽い感じの名称のところだった。そのかわり安く、隣は売春宿だった。

ぼくは四人の撮影チームに通訳とカメラマンの六人組で最初の目的はマゼラン海峡を南下しケープホーンに行くことだった。パナマ運河のできる前は太平洋と大西洋をつなぐ唯一のルートで、そういう船はどっちの大洋に行くにも必ずこのホーン岬を回り込まなければならなかった。

けれどそれには三六五日嵐で荒れ狂っている「吠える海域」といわれるドレイク海峡を航行し、ホーン岬を回り込んで来なければならず、帆船時代からヨット時代に至るまでこの岬のあたりで沈没した船は数えきれない、と言われていた。それと単純な話、船が大きいとパナマ運河を利用できず設計技士をうらみながらケープホーン回りになり、運が悪いと沈没する。

ケープホーンに行くには船しか方法はなかった。岸はアンデス山脈の末峰がどこまでも続き、南下していくには徒歩に頼らざるを得ないから、おそらくその陸ルートを行った人など誰もいない筈（はず）だった。飛行機で行っても降りるところがない。水上飛行機にわずかな可能性があったがちょっとでも海が荒れていたらすぐに引き返さなければならない。

町の人に聞いて歩いた。そこまで我々をつれていってくれる船はないかと。

我々はドキュメンタリー映像の取材が大きな目的だったが、現地に行ってもマゼラン海峡やビーグル水道を詳しく紹介している本も地図もなかったし、ナショナルジオグラフィックの記録映像すらなかった。

だから当時はパタゴニアはまだ厳然たる「秘境」と言われていた。地球に秘境と言われる地域がどんどん少なくなってきている時代だった。だからマゼラン海峡やビーグル水道に入っていこうとする我々はアジアから来た「おのれ知らずの間抜けチーム」であり「無知な冒険者」であると町の人に言われた。いろいろなところに連絡をとったが、民間の人がヨットではなく連絡船のような船でケープホーンに行った例はなく、我々は早くも頓挫（とんざ）しそうだった。

ところがあまり外国人のやってこない南の果ての小さな町は外国人をいつもどこかで見ており、できるだけ来訪者たちを援助したい、という温かい心情があるようだった。（まぁそれはその国々の状況にもよるが。）

ずっとむかしから大陸の果てに追いやられるようにしてたどりついた人や、命からがらケープホーンを越えてたどりついた人の住む町がプンタアレナスだった、ということから、町の人は旅する人に優しく、常に協力的らしい、ということがその町に着いてまもなくわかってきた。その大きなひとつがチリ海軍の反応だっだ。彼らの艦船のうちの一隻が近いうちにマゼラン海峡への航海に出る。軍隊だからくわしい目的や行き先までは教えられないが、ケープホーンの近くまでは必ずいく。それに乗船させてやろう、というありがたいオコトバなのだった。

願ってもない話。ことは素手早く進み、我々はプンタアレナスに着いて一〇日目に大砲一門、機銃四基を備えた砲艦に乗り込むことができた。二人用の船室も三部屋あてがってもらった。そうしてたちまちマゼラン海峡を南下することになったのだった。

ぼくははじめて乗る軍艦の内部が面白く、乗組員のほうもラテン気質そのまま自由に見物させてくれた。

そのうちに気になる話をきいた。この小さな砲艦はこの航海を終えると老朽のため廃艦処分になる、というのである。就航して何年になるのですか？　と聞いたら三九年だという。むかしのギャグでいえば「アチャー」という気分だ。なぜならぼくがちょうどそのとき三九歳だったからだ。

「もうそのくらいでポンコツになるのか……」。やや寂しい気分で甲板に上がった。甲板から見るマゼラン海峡は大きく寒々としていたが、プンタアレナスを離れて南下していくと、ここは川ではないかと思えるようにどんどん幅が狭くなっていき、全体にごく狭い海峡になる。ぼくは後にアマゾンやメコンなどに行ってその対比があとからよくわかったのだが、マゼラン海峡の奥地は川と見間違うばかりに幅が狭く、その真ん中を隣国アルゼンチンとの国境線が走っている。

そのころにはもう終結していたが、その少し前におきたフォークランド紛争はチリとアルゼンチンが大国の代理戦争の矢面に立つ役割になってしまった。戦争終結後の今でも海峡で両国の軍艦がすれ違うときは互いに大砲をむけあうことになっているという。

狭い海峡の沿岸は最初のうちは岩が露出していたが、やがて雪や氷がそれらを覆うようになり、グンカンドリやコンドルなどが高い空を飛び交うようになっていった。

波はさしてなく我々の乗った小さな砲艦も順調に進んでいた。水兵は一〇〇人ほどだったろうか。

驚いたし、嬉しかったのは夕食のときにビールを飲めることだった。それも水兵各自が買うので制限というのはとくにない。いい船に乗れたなあ、とぼくは我がチームの連中とそれこそ手に手をとりあうようにして喜んだのだった。面白い風習は「オンセ」という昼飯と夕食の間の時間にまあいってみれば「大人のおやつ」が出ることだった。それも小食の人だったらけっこう一食分ぐらいになる量がでる。海が荒れていないときはこのオンセをみんなで食うときが水兵らとの交流の場になっていった。水兵はみんなこころねがやさしく親切だった。

いい航海が始まったなあ、とぼくはつくづく嬉しい気持ちなっていた。

チリ共和国
アルゼンチン共和国
フォークランド諸島
マゼラン海峡
プンタアレナス
ホーン岬

別世界のはじまり

二日目の早朝、ぼくはチームのカメラマンに揺り起こされていた。

「今すぐ寒くない恰好をして甲板に出るといいよ」彼は一刻を惜しむようにしてそう言って外に出ていった。慌てて身支度をして甲板に出ていく。仕事熱心な映像チームがすでに甲板の一番右舷よりに三脚を据えて撮影している。起き抜けのぼくには最初、目の前になにがおきているのかよく理解できないでいた。

海峡は不思議なくらい凪いでいたが、いきなり爆弾のような音があたりにひびいた。船室で寝ていたとはいえ今までよくこの音に気づかず寝呆けていたものだ、と我が身の間抜けぶりを恥じた。

「この繰り返しなんですよ」

カメラマンが教えてくれた。

プンタアレナスを過ぎてからアンデス山脈はすぐに海峡に迫るように接近してきて、それは延々と高低をなす長い長い山脈として続いていたが、次第に谷間には雪がたっぷり積もり、南下するにつれて山稜にも氷雪がどんどん張りついて「白い山脈」になっていったのを寝る前に確認している。

今朝は目の前が海まで達する白い壁になっていて、神秘的なまでに静かに屹立(きつりつ)している。

砲艦は停止していた。

そういう状態を見て数秒後にぼくは思わず背後にたじろいでしまうくらいのすさまじい衝撃的な光景と轟音(ごうおん)に圧倒されてしまった。目の前にある巨大な白い壁が崩れていくのを見た。数秒のタイムラグがあって何かが爆発するような音がした。まだ距離感はわからなかったが一キロほど先の対岸の雪と氷の山稜にへばりついている氷雪の巨大なブロックが剝がれ崩れ落ちてきたようだった。

しかしそれをはじまりとして、続いてすぐにその周辺の氷の壁が次々に崩落していくのが見えた。そのたびに爆発するような音が連続し、その下の海は大きな波がおきて津波のように海峡の中央にむかってきている。

「氷河の一番前面の、海に張り出しているところから塔のようになった氷のでっかいやつが次々に海の中に崩落しているんです」

ぼくを起こしてくれたカメラマンが説明してくれた。砲艦は夜のうちにマゼラン海峡をとおりすぎビーグル水道に入ってきていたのだ。

「その長い海峡に出るといろんな氷河がどんどん海に迫ってきている。めったに見られない光景になっているようです」

出航してしばらくしてボリビア人の通訳がボースン（甲板長）からそういう話を聞いたらしい。しかしボリビア人はそれがどんなものか理解できず我々に伝えずに寝てしまったら、夜明け前にもうその海の修羅場のようなところに到達していたらしいのだ。事前情報が殆どないままにネズミのように乗り込んできた我々はまったくうかつだった。

でもさすがに撮影チームは三〇分ほど前からその光景を記録していたらしい。

あとで知ったが我々の目の前にある氷河は、ダーウィン山塊中の無名の二二八六メートルの山塊あたりから海まで流れてきているオブリクオ氷河の先端部だったらしい。このあたりにたくさんひしめいている氷河の多くは地球的な圧力でぐんぐん押されて、先端部分のアイスフォール（氷の滝）となっているところから海に落ちてくる。その先端は今見た氷河で高さ五〇メートルぐらいの全体が氷でできたビルぐらいのやつが連鎖的に次々に海に倒れこんでいたのだ。

そのくらいの規模のアイスフォールはそれから次々にあらわれてくるので見ているほうも忙しい。砲艦はそれらの氷瀑から崩れ落ちてくる大きな氷との衝突を避けるために、山脈の壁から一キロほど離れたところを航行していたが、やがてビーグル水道そのものがせばまってきた。同時に、少し山脈が海峡に出っ張ってきているむこうから、砲艦が本当に砲撃を加えているのではないか、と思えるような轟音の連続が聞こえてきた。

白い戦場

小さな氷塊（といっても住宅一軒ぐらいのもの）が引きずられるようにバラバラと落ちてくるので、大砲や機銃そっくりの音が絶え間なく聞こえてくる。なんだかタイムトラベルに飛び込んで氷の国の戦争の中に迷いこんでしまった気分だ。ラグ・フェルナンデスというフトッチョの水兵長みたいな人がなんだかニタニタ笑いながら通訳のボリビア人になにか言ってきた。

「お金は無料だよ」

ということを言ったらしい。

張り出している岩壁を越えてしばらくいくと轟音がどんどん大きくなり、やがてほぼ垂直になった岩壁のむこうに、なんだか途方もなくでっかい氷の山が見えてきた。けれどそれは氷の山ではなく、やはり氷河の最前線。巨大なV字形になった氷河の滝なのであった。

それはこのビーグル水道で一番大きなセロ・イタリア氷河だった。幅二〇〇〇メートル。高さ二〇〇〇メートルの氷の滝に接近してきたのだ。けれど海峡が狭まったぶん、砲艦は今までよりも氷瀑（ひょうばく）に接近しすぎていて砲艦の航行しているあたりからは高さ五〇〇メートルの垂直の氷の壁しか今は見えていないらしい。

フェルナンデスが説明してくれた。

「この氷の壁は二〇〇〇メートルあるがおよそ五〇〇メートルぐらいで四段にわかれていて、船からでは角度的にいちばん前面の段五〇〇メートルぐらいまでしかうまく判別できないんだよ。今日は水温がいつもより温かいから、あれらが崩落してきたらすさまじいことになるよ」

最初の五〇〇メートルの垂直の氷の壁のほうではしきりに波しぶきが立っていたから、先端の下のほうは少しずつ氷の塊が海に落ちていたのだろう。

砲艦はゆっくりそのまま進んでいた。一番前面の高さ五〇〇メートル、四〇階だてぐらいの氷のビルみたいなやつが倒れてきたらどうなってしまうのだろう。

しかし五〇〇メートルの氷の塔は前面に倒れてくることは少なく、縦に滑っていくように崩落していくのだという。それがおきると連鎖反応で次々にそのくらいのクラスの氷の塔が倒れてきて海峡はまたもや戦場の嵐のようになるという。

「そうなったらこの艦はどうなりますか」

ぼくは通訳に聞いてもらった。

「もちろん魚雷のようになった巨大氷に次々直撃されていたら長くはもたないよ」

フェルナンデスはそのようなことを言ったようだ。ぼくが目を丸くしていると、

「ジョークだよ。いくら巨大な氷塔が倒れてもこの砲艦までは直接には届かないからね」

そう訂正したらしい。

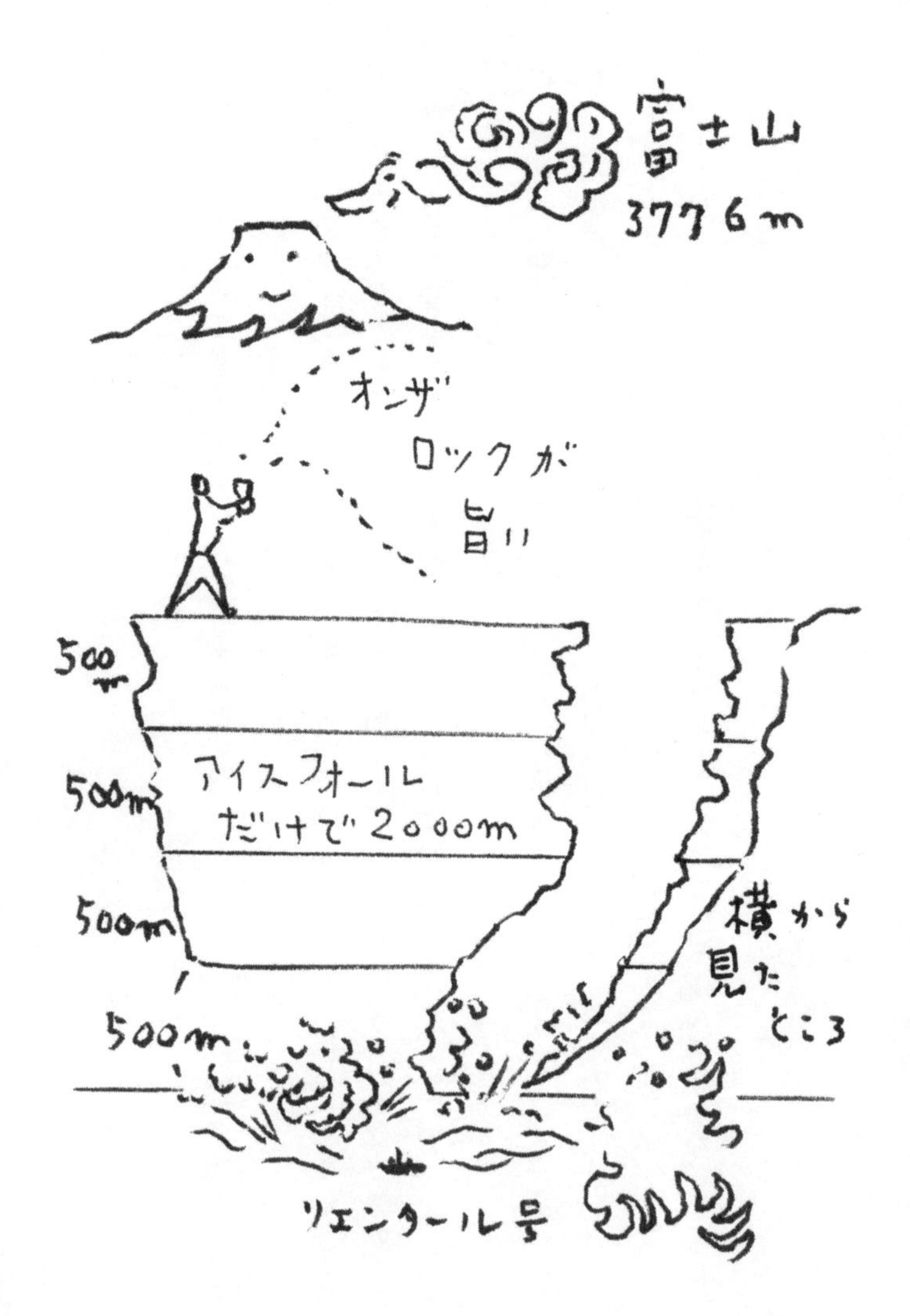
富士山
3776m
オンザ
ロックが
旨い
500m
500m
アイスフォール
だけで2000m
500m
500m
横から
見た
ところ
リエンタール号

死の魂のただよう日もある

あまりにも巨大すぎるので大きさの感覚はなかなか掴めなかったが、やがて定点観測の必要があるらしく、リエンタール号の後甲板にとめてあったヘリコプターが氷河の方向にむかった。

そこそこ大きなヘリコプターがむかっていくと大きさの感覚はさっきよりもわかってくるが、そのヘリもやがて蚊のような大きさになって見えなくなってしまった。

艦長の話によるとその日のように大きな波もなく強風もない日は珍しいという。

この海域を通過するときチャールズ・ダーウィンは『ヴィーグル号航海記』の中で「雨、みぞれ、雹（ひょう）のいりまじった中におりてきた黒雲はあたりを包み、どこもかしこも霧のベールと猛烈な風にかきまわされた。この孤独の寂寥（せきりょう）を支配するものは生ではなく死の塊である」と書いている。

そこでこのような平穏な日を利用しないわけはないと、一一人乗りのディンギー（エンジンつきゴムボート）を出してくれた。

「氷河の正面を行くのは駄目だ。西の端のほうの比較的小さなアイスフォール（氷の塊）の近くまで行ったらいい」と親切かつ寛大な提案をしてくれた。

すぐにそのボートに乗って接近していったがいくら走ってもなかなかアイスフォールの質感を目でつかむところまで近づかない。すべての感覚が狂ってしまい距離が思ったよりもあったのだ。

やがて少し入り江になってややカールしたアイスフォールを見つけてそこに近づいていった。

氷の滝の舌端にあと一〇〇メートルぐらい、といったところで、ぼくは氷の壁の中に巨大な蛇がくねくねと凄い速さで走っていくような動きを見た。しかし氷の滝の中に大蛇がいるわけはなく、それは氷が真横に裂ける切れ目が素早く横に走った動きだった。まもなく高さ二〇〇メートル、幅三〇〇メートルぐらいの氷の塊が落下してきた。あまりにも近いところの落下である。

数秒後にもの凄い唸り音とともに大きな氷塊のまじった津波が押し寄せてきた。

ディンギーは津波によって、あともう一五〜二〇度ぐらいで真上を向くぐらいに立ち上

がった。一一人はみんなディンギーの横についている太い綱にしがみつき、本当に危うい
バランスのところで復活し、誰も落ちるものはいなかった。みんなとりあえず助かったの
だ。

みんな生きている、ということがはっきりすると「わはは」「わはは」という全員の笑い声が起きた。ヒトは死と紙一重のところで危機を乗り越えると、なんだかみんなでおかしくなって声を合わせて笑ってしまう、という心理を臨場感の中で知った。

巨大氷塊が落下すると氷は小さく割れる。それが緩衝効果となって第二波、三波の津波は弱いものになり最大の危機は脱したのだった。

あとで聞いた話だが、氷の海で転覆していたら一〜二分でボートをもとにもどし、一分ぐらいでそこに這い上がらないと心臓をやられて死んでしまうことになるだろうという。そのときのディンギーの水兵班長はあとでボースンにさんざん怒られていた。

ケープホーンへ

航海はまだ始まったばかりだった。

ビーグル水道の両側にはいずれも無名峰の二〇〇〇メートル級の雪山と大小の氷河が続き、一〇日目ぐらいについに荒れる海になっていった。ひとたび荒れると海峡の幅が狭いので砲艦はめちゃくちゃに翻弄され、慣れている筈の水兵も船酔いでベッドに倒れるものが出てきた。

ぼくは有り難いことに船酔いというものはしたことがないので、いつもより半分ぐらいの人数に減った食堂で荒天用のパンケーキみたいなものに羊肉をはさんだのを食べ、カップで濃厚スープを飲んでいた。

嵐の中の航海は三日ほどでおさまったが、今度はいよいよドレイク海峡に接近してきた。南米大陸と南極の間を横たわる三六五日嵐のように荒れている「吼(ほ)える海」と呼ばれているところだ。

そして同時にその嵐の海に突き出しているケープホーンを回り込むために、これまで数えきれないくらいのヨット、帆船、汽船などが翻弄され、沈没してきた。それがいったいどんな凄いところなのかずっと考えていたのだが、今回思いがけない展開でその岬に接近することができたのだ。

ぼくはそれで大満足だったが、リエンタールはケープホーンの裏側のドレイク海峡の影響をあまり受けない岩礁地帯に入っていった。そして再びディンギーが降ろされ、数人の水兵がケープホーンにむかった。何度かそれが繰り返され、思いがけないことにぼくにも上陸許可が出た。

荒波をよけたディンギーのルートがちゃんとあり、岩を砕いてつくったようなボートの発着場があった。そこまでいくとここらの灌木（南極ブナ）を使って足場のいい階段がつくられているのが目に入った。そうしてあろうことか、その一番目立つところに「ようこそケープホーンへ」と書いたアーチ型の歓迎看板があったのだ。なんてことだ、と思った。ここはいつのまにか観光地になってしまっていたのか。

階段はけっこうきつく、高さにして一〇〇メートルぐらいあった。そこまで行くと視界の先にチリ海軍の兵隊が二〇人ほど見える。

みんな若く緊張した顔をしている。ケープホーンのてっぺんには灌木を使った荒っぽいつくりの建物がいくつかあった。ここはチリ海軍の小さな橋頭堡（きょうとうほ）を築いている場所のようだった。

リエンタールの水兵とケープホーンの若い兵隊が並び、隊のリーダーがなにごとか言った。一応のセレモニーのようだった。それが終わると一人の兵士が走ってきてぼくに横抱きにしたものを手渡してくれた。

なんと生きたペンギンなのだった。どうやらプレゼントのつもりらしい。

これはおそらく心優しいリエンタールの艦長が無線で連絡してくれていたのだろう。たぶん、本日東洋の客人を案内する。丁重に迎えるように……などと。

あの階段入り口の「ようこそケープホーンへ」のアーチも、誰も絶対やってこないこんな最果ての駐屯地のやけっぱちの看板ではなく、我々に対してわざわざつくってくれたものらしかった。

自由な時間になったのでそのへんを歩いてみた。外はもの凄い風が吹きまくっている。

這い松で隠したいくつかのポイントに高射砲があった。ケープホーンは当時、チリが南極のチリ側の一部を領土として主張していた。チリの当時の地図を見るとちょうどピザパイの一片にそっくりの形で、南極のそこがチリの領土であることが主張されていた。

このケープホーンの駐屯地は、そうしたチリの橋頭堡の役割を果たしているようであった。ぼくはケープホーンの一番端に行ってみたかった。ケープホーンは南米大陸のシッポだけれどかなり大きなシッポの先端になっていた。端のほうに行くにしたがってドレイク海峡から吹きつけてくる風が物凄い。前かがみになって進んでいったがそんな姿勢では突風に吹き飛ばされてしまう。

考えられる進みかたは這い松の幹や枝に捕まって匍匐前進（ほふくぜんしん）するしかないようだった。岬の頭の先端に進んでいくにつれて突風の合間でないと息がつけないくらいになっていた。でも風が前方から吹きつけてくるかぎりは安心だ、とぼくは思った。もし後ろ側から吹いてくるのだったらそれらの強風、突風にあおられて崖から放り出されるにきまっている。まったくの命がけの戦争のような匍匐前進になったのだろう。

すこしずつ距離をかせぎ、岬の頭に近づいていくにつれてドレイク海峡からの烈風は、前進する者をくじけさせるほどになっていた。けれど力をためてじわじわ進む。やがて這い松もなくなってきた。そのむこうに白濁して逆巻く、まさしくドレイク海峡が見えてきた。まっすぐ前面から吹きつけてくる雨まじりの烈風でしばしば目などあけていられない状態になる。ゴーグルがあるといいな、と思ったが単純なゴーグルではすぐ吹き飛ばされてしまいそうだった。

さらに進む。岬の頭は傾斜をつけて海側に少しかしいでいる。這い松はまばらになって、もうそれ以上進むのは危険、と感じた。ドレイク海峡は全体が薄い海霧にけぶっていたが、恐怖にみちた大きなうねりが岩礁にぶつかっているためか、飛び散るような白い波濤(はとう)がそこいら中で渦まいている。

まだドレイク海峡のごく一部しか見えていないが、これで限度、満足だと思った。

何世紀にもわたって死をかけて海からこの大きな岬の頭を見上げていた海の冒険者はたくさんいて、その中の何人もが、いや何百人もがそれがかれらが目で見た最後の光景になっていた可能性がある。

死こそ賭けてはいないがその逆にケープホーンのてっぺんから吼える海、ドレイク海峡を見た人もあまりいないだろう、と自負した。とくに日本人では皆無だろう。

とんでもないエネルギーで荒れる海を、一〇分間ほども自分の眼で見つめられることができたことで、今度のぼくの旅の目標の半分は達成したような気がした。狂ったように荒れる海を見ながらエドガー・アランポーの『渦』という小説の断片をしきりに思いだしていた。今のぼくのように崖の上のほうからとてつもなく荒れ狂う海とその大渦を見た男が、たしか頭がおかしくなってしまう話ではなかったか。

そんなことを思い出しながら兵舎のあるもとの退避所に戻ってきた。

そこには都合三時間しか滞在できず、我々は母船に帰還することになった。まだ一〇代の若い兵士たちが頬を紅潮させて「アディオス」と恥ずかしそうに言う。

少し幹部らの最終打ち合わせがあってちょっとだけフリーの時間ができた。少年兵の一人がぼくの袖をひっぱってどこかへ連れて行きたがっている。

それは兵舎から離れたドレイク海峡沿いにある小さな、やはり粗削りの丸太でつくられた礼拝堂のようであった。狭い教会で一〇人も入ればいっぱいになってしまう。

電気はないからステンドグラスのあかりの中に聖母マリアの優しい慈悲にみちた顔と優雅な立ち姿が見える。

時間がないから焦っていたのだろう。少年兵はまだ十分のボーイソプラノで聖歌を口ずさんだ。憶測だがその少年兵は、このあとの我々の旅の無事をそうして祈ってくれたのだろう、と思った。

船に戻って知ったのは、我々のリエンタール号は明日からさらに南下しドレイク海峡のまっただ中に出ることになっているようだった。

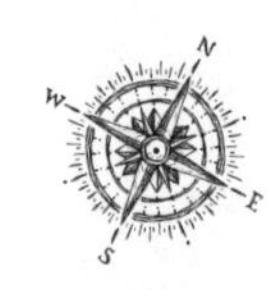

② 吠える海峡を越えて

試練の航海へ

砲艦リエンタール号はケープホーンの内側の比較的波の緩いところから、いよいよ目的の場所に出航することになった。といってもどこが目的の場所なのか我々居候（いそうろう）のネズミみたいな民間人にはまだ知らされていない。

フトッチョのボースンが、ここから先の航海はひどいときになるとみんなベッドにおしつけられたままで過ごすことがある。新兵など船酔いもゴロゴロ出てくるからめしを食うのもやっとだ。だからこういうおだやかなときにできるだけたくさん食って「くいだめ」しておくのが賢い方法なのだ。

と、太りすぎであまり精悍に見えない顔で言った。

厨房は船員食堂のすぐ隣にあったので嫌でも食い気がそそられる。前にも書いたがぼくはよほど三半規管が丈夫なのか鈍感なのか船酔いをしたことがない。だから毎日すまぬすまぬと言いながらよく食った。海軍のめしはおかわり自由だったが、とくに日替わり味のポタージュスープがうまくて毎回大カップ三杯ぐらいはおかわりした。

それからケープホーン裏に停泊しているときに二人の水兵がドライスーツ（衣服を着たまま着られるダイビングスーツ）をつけて船尾の近くに潜り、大きなセントーヤを十数匹捕まえてきたときは、そのことを知っている関係者がちょっとした拍手と小さな歓声で迎えた。あくまでも内緒のことだったのだ。

セントーヤは外見上タラバガニそっくりで大きさも手足をひろげると一メートルはある。けれどあくまでもタラバガニではなくミナミイバラガニといってヤドカリの仲間なのだという。

これは手足をそっくりもぎ取り、そのまま海水で炊く。頭はみんな捨ててしまうのだ。何をしているのだ、頭の中にはカニミソというもっともうまいものがあるのです、ぼくはそう言ってひとつのカニの頭をこじあけたのだが中はほぼガランドウに近かった。ミナミイバラガニは「脳なし」なのだった。

けれど足などみっちり肉がついていて、これを酢かマヨネーズをつけて食べる。足を一本食べるとおなかがいっぱいになるくらいのボリュウムだった。

そのころ、チリではマヨネーズ娘という歌が流行っていて水兵らは「マヨネッサ、マヨネッサ」と陽気にうたいながら食べているのがなかなか面白かった。

ぼくは水兵がダイビングの支度をしているのを見かけ、興味本位にそばまで行って偶然見てしまったので仲間に入れたのだが下士官などには内緒のカニとり作戦であったらしい。海軍といえどもラテンはどこまでいっても明るく思うがまま、というのがなかなか素晴らしかった。

しかし楽しい時間もそこまでで、間もなくドレイク海峡にむけての出航となった。そうなると甲板に出るのは禁じられていたので船室の窓から初めて乗り出す「吠える海峡」の様子を見ていたが、かなりの高さがある窓にも波濤(はとう)が舞い踊り外の波高のスケールを思いしらされた。

軍艦といってもいたって小さな船なのでとくにケープホーンから外海に出るときは波濤に翻弄されるのだ。窓に波がかかると、波濤が去ったあとも視界は海水のしずくでぼんやりし、海全体の荒れる光景までは見ることができなかった。

それにしてもこの船はドレイク海峡まで乗り出してしまって、果してどこを目指しているのだろう。という目的のよくわからない航海が始まったのだ。

どう考えても行き着く先としたら南極だろう。南極まで行ってしまってからどういうことになるのだろう。興味は募るが不安のようなものも交差する。

南極上陸、ということになったら服装はどうするのだろうか。幸い今は夏だが、南極の夏はどうなっているんだっけ。

我が身の行き先のわからない船の旅というのは魅力的ではあるがどうにもこころもとない。

昼ごろになると乗員はみんなベッドに横たわるように——という船内伝達があった。

もうそのころになるとリエンタールはローリング（横揺れ）とピッチング（縦揺れ）を複雑に繰り返し、かなり若い水兵が船酔いでヨレヨレになっているのがわかった。

ボースンは無駄な怪我などしないうちにみんなベッドにへたばっていろ、と言っているのだ。

酔わないぼくも起きていたってほかにやることはないから自室の上段にあるベッドに上がろうとするのだが、横揺れにタイミングをあわせてベッドにとりつかないとすぐに反対側にふっ飛ばされる。

これは案外危険である。タイミングをはかって大きな揺れのときにその振幅の助けをもらってベッドのヘリの鉄柵にとりつく。すぐにそれを引き剝がそうとする反対側の揺れがくるがそれさえやり過ごせばベッドの内側に軟着陸だ。

やれやれ、まだ眠くはならないがそうやって横たわり、低い天井（頭から四〇センチぐらい）を眺める。ベッドに横たわると波濤の叩きつけてくる音がもっと身近に感じる。

ときおりはるかな後部のほうからバリバリバリというけたたましい音がするのは船が大きな波頭の上に乗って船尾が空中に飛び出し、スクリュウの空転する音だ、ということに気がついた。チビ軍艦といえども船首から船尾まで六〇メートルはある大きさだ。

そういう鉄のカタマリが波の上に乗っかってしまう、というのを光景として客観的に思い浮かべるのは難しかった。

その日は結局夕食までそうやって横たわって本を読んでいた。居候は気楽だ。多くのべテラン水兵や当直の者はみんなずっと働いているのだから。

チリの軍艦には必ずシェパードの軍用犬が乗り込んでいる。その船の犬はカサンといってとても賢いやつだった。そのカサンも四つ足のくせに通路でへたばっていた。

夕食は食べられる者だけが食堂に顔を出していた。船の食堂のテーブルは四隅に高さ二センチぐらいの横板がはってあり、船があちこち傾いても食器はすべっていくだけで下には落ちないようになっている。

その日のスープもよくまあこんな揺れる中で作ったものだ、と思えるくらいちゃんとしたうまいやつだった。そいつがすべっていかないように片手で把手(とって)を握り、片手で固い丸パンを食べる。もうそれだけで十分うまかったがメーンの肉料理が出るとあちこちつかまりながらそれをとりにいった。

船酔いの若い水兵が青い顔をしてテーブルにつかまりながら無理やり何か口の中に押し込んでいるのが見えた。上官に叩き起こされ「体力をつけるために気持ち悪くても食え」などと言われていたのだろう。

そのうちフェルナンデスがニヤニヤしながらやってきてぼくに地図を見せ、何か言った。

ボリビア人通訳に意味を聞くと、我々がいる位置を説明してくれているそうだ。それを見ると半日走ってもまだケープホーンからそんなに離れたところにいるわけではなかった。

そしてついに目的の場所がわかった

目的の場所はここだが、今日は海が荒れているのでたぶん無理だろう、という話だった。目的の場所はドレイク海峡の中の塵（ちり）のような小さな島のようであった。ケープホーンと南極の中間ぐらいにあたる。

「そんなところへ何の用でいく」

ぼくはそう聞いたがボリビア人は訳してくれなかった。フェルナンデスがおしえてくれなかったようだ。軍艦であるから教えてくれないのはあたりまえだった。

しばらくすると艦内放送があり、数人の兵士が慌ただしく走り回っていた。いつの間にかドレイク海峡の吠える海から外れたところを航行しているようだった。

そのまま激しい揺れは減少していき、いつどこで迂回したのかリエンタール号はまたケープホーンの裏側にもどりつつあるようだった。ここまでくるとげんきんなもので船酔いの連中もみな勢ぞろいする。

二日間封印されていた酒類も割り当て制だが夕食にはゆるされた。

ぼくはすっかり船の揺れになれ、夕食後もテーブルでドミノなどを始めている水兵がいるのでそれを見ていた。ドミノは水平積み木みたいなもので簡単そうに見えるゲームだが、定石があるらしくそれをいくつも知っている人が断然強い。

ずっと見ていたぼくに顔見知りのロベルトが「お前もやってみろ」というので、今までのやり方を参考に挑戦してみたが五分もしないうちに負けてしまった。あまりにも早く負けたのでみんな手を叩いて喜んでいる。ひどいやつらなのだ。

そのうちロベルトが調理場にいって頭でっかちのホセになにやらささやき、ビールを半ダース隠し持ってきた。

海軍ではビンに入った飲み物はみんなラッパ飲みなのだが、そのときは当直の下士官が回ってきたときのためにコーヒーカップの中に入れて飲んだ。それを倒さないためにみんな足でテーブルを支えておく。

平穏な海にいると何もかも平和で乗組員の気持ちも穏やかになるようだった。

日本語の文字が人気になる

そのうちにボリビア人通訳とフェルナンドが入ってきた。三人とも酔っているようだった。スペイン語と英語と日本語がごちゃごちゃにまじった言葉で何か言っている。フェルナンドは日本語の学習をしていたらしい。

すでに「ありがとう」「こんにちは」そして「うまいうまい」はマスターしたようだった。彼は「これからむかう難所の旅が無事であるようにその謎のような日本語で自分の名前を書いてくれ」と頼んでいるようだった。

そこですっかり日本語の先生と化した我々のチームのひとりがコースターの裏側に「笛離難士」とサラサラのサラと書いてあげるとフェルナンドはまるで魔法使いの腕に触るように「どうしてあなたは日本語のわたしの名前を知っているのですか」と床に跪(ひざまず)かんばかりに感動している。

この騒ぎを横から見ていたロベルトが我々の中に割り込んできてわけを知り、それなら自分の名前の日本語を頼むと言ってきた。

我がチームの魔法使いは「呂辺琉斗」と再びサラサラのサラ。ロベルトはそのコースターにキスをすると素早くシャツのポケットにしまった。

そんなところに二人の下士官がやってきてその日本語サラサラサラというのを見物し、まわりの者にわけをきいた。

「前からその魔法のような日本語に興味を持っていたのだ」

ゴンザレスが言った。

「こっちもだ」

ジョナサンが言った。

さっそくサラサラサラと「権座礼巣」

「おう、ウォホォホ」

「徐菜参」ジョナサンも大喜びだ。

妻にお守りとして持っていってやりたいのだがどうだろう。

「なんていう名なの？」

「ジャネットっていうんだ」

少し考えるふりをして「蛇熱戸」

「おう」

三人がヨロコビにふるえる。

「この航海の最高のお土産ができた」

何か騒ぎがあると必ずやってくるロベルトおっさんは「グランデ！」（大きく）と言って航海日誌の裏紙をさしだした。やや考え、ぼくは「呂辺留途」と書いた。今まで出てこなかった文字が並んだので一同「おお！」。

それ以上騒ぎにならないうちに我々三人の魔法使いは食堂から消えた。

停泊中は当直の者以外はのんびりしている。揺れが殆どないのは風もそんなに強くない、ということだからひとりで甲板に出た。後部甲板にエンジン付きのディンギーが置いてありその弾力のある縁に座るのがとてもここちいい。

アンデス山脈はこのケープホーンにまで続いている。つまりケープホーンはアンデス山脈の尻尾、もしくは小さなアタマなのだ。全体が真っ白な氷雪に覆われていて美しい。

はるか遠くにコンドルが飛んでいる。両翼をひろげると四メートルにもなる巨鳥だ。

アンデス地帯には原野をひとりで歩いているとこのコンドルに背後からきてさらわれてしまう、といういいつたえがあるそうだ。

その一方でコンドルの簡単な捕まえかた、というのも聞いた。

直径一〇メートルぐらいの円を描いてそこに高さ五〇センチぐらいの板や枯れ木を打ち込んでおき、真ん中に腐りかけた豚の頭などをおいておく。

しばらくすると豚の腐臭をかぎつけてコンドルがその餌に飛びつく。まわりに隠れていた男たちが棒切れなどを持って「ソレッ」とばかり飛び出していきコンドルをパカパカ殴って殺す。

直径一〇メートルぐらいだとコンドルが飛び立つ滑走距離が足らず、そんなふうに簡単に捕らわれてしまう、というわけだ。

捕らえたコンドルをどうするか、ということは聞き漏らした。あの容姿では決して食欲はそそらないだろうからたぶん南米の人々の単なるひまつぶしの遊びなのだろう。

コンドルがいつも悠々と飛びまわって家畜などに少なからず被害をうけているアンデス地帯の人々の「ウサバラシ」のようなものなのかもしれない。

荒海に翻弄される

リエンタール号は黎明（れいめい）をついてケープホーンの岩影から再び出航した。かなり濃厚な朝霧が出ている。飛沫（ひまつ）と一緒になって船のまわりはあまり視界がきかないが、これも時間がたてば人間をからかうがごとくたちまち消えてしまうのを次第に覚えてきた。

ドレイク海峡に入ると待ってましたとばかりに荒波とうねりが押し寄せてくる。こちらは一回体験しているから体に対応策ができているが大きな横波をくらって船体がかなり斜めになると、このままもちなおさなければどうなってしまうのだろうか、というあまり考えたくない瞬間的な不安に肝を冷やす。

しかし全体が鋼鉄のくせにこのチビの砲艦はしっかりと起き上がり、また反対側に傾くのだ。

このローリングは周期さえ体が慣れてくればなんとかなるが、ここにピッチングが突然加わる。横に傾きながら前後に傾くウルトラ技だ。

嵐の海ぐらいでないとこういう揺れかたはしないという。こんな海をむかしは大きな軍用帆船やヨットなどが乗りこえてきて、その多くがドレイク海峡の底に沈んでいったのだろう。

パナマ運河ができるまでは太平洋と大西洋をつなぐ海路はここしかなかったからである。海峡のむかい側は南極である。沈没をまぬがれても南極まで流されてしまい、修理するにも板材など手に入るわけもなくどうにも生きるすべを失った船もあったろう。

荒海を二時間ほど進んでいくとそういう海域なのか揺れが少なくなってきた。甲板に上がることを許されたのでどんどん上がっていくと遠くに島影らしきものが見える。

ロベルトおっさんがやってきて通訳がいないのに「あの島を目指しているのさ」と説明してくれた。

言葉はあくまでもスペイン語だが、いつの間にかおぼえたわずかなスペイン語と手振り口ぶりでそういうことなのだな、とわかった。しかしなんのためにあのような絶海の孤島を目指しているのかはわからない。

甲板を走りぬける風はさらに冷たくなっているようだ。期待した南極大陸は見えない。それもそうであとで南極は七〇〇キロぐらいまだまだ先だ、ということを知った。ロベルトが教えてくれためざす先はディエゴ・ラミレス諸島というところだった。ケープホーンと南極のあいだにある規模の小さな群島だ。フェルナンデスと通訳が一緒にやってきて今まで知らなかったことをいろいろ教えてくれた。

その群島にはチリ海軍の兵士二人が駐屯していて、その任務期間は半年。以前は一年間だったがその期間、まったく何もない文字どおり絶海の孤島で生活していると気がおかしくなってしまう兵士が多くなってきたので今は半年になっているという。

リエンタールはその二人を回収して交代の任務につく二人を下ろすという。

その話を聞いて次の交代要員の二人というのがすぐにわかった。陽気な乗組員の中で唯一ユーウツそうな顔をしている二人がいたからだ。

そんな孤島に駐屯兵を配属するのは南極を領土と主張するチリがケープホーンの上にいた駐屯兵と同じ理由で、南極をつなぐ小さな諸島に駐屯兵を配置しチリの政略的橋頭堡とする意味があったようだった。

目的の島が見えると砲艦の動きが実感できるようになる。確実に接近しているようだが、そのわりには遅々としている。

島で待っている二人の兵士からしたら、もどかしいほどノロノロして見えることだろう。

島の輪郭が明確になるまでそれから一時間ほどかかったようだった。

島とはいうけれど中腹からてっぺんまで草木はまるでないただの巨大な岩山のようだ。草木は絶えず吹きつけてくる冷たく強い風によって生えないのだろう。その岩山のようなのがいくつか見える。群島であるのは間違いないのだろうが人間が暮らすにしては見ただけで過酷このうえない。

さらに一時間ほど低速で接近していくと岩の上に立って手を振っている二人の兵士の姿が望遠鏡でやっと見えた。

その兵士にとっては待って待って待ち焦がれた船影だった筈だ。

リエンタールは島の五〇〇メートル手前あたりで停船した。そこから先はディンギーでいくらしい。

けれど残酷なことにそのころになると急にそのあたりの海も荒れだしてきた。二人の兵士はディンギーに乗り込む準備をしているが、三〇分ぐらいしたあとで急に本日は中止、ということになった。ドレイク海峡全体がまた荒れだしたようであった。

またもケープホーンに引き上げることになった。今か今かと待っていた島の二人の兵士にとってこれほど無情なことはない。

けれど明日がある、ということで二人は無理やり気持ちをおさめたのに違いない。

小さな群島への上陸

翌日は朝食前に出航した。やはり海の荒れ具合によるのだろう。しかしぼくの目や体感ではドレイク海峡の怒り具合は昨日とさして変わらないように思える。何かもっと専門的な判断指標や情報があるのだろう。

あとでわかったが海の怖さは波ではなく「うねり」なのであった。うねりは波濤とは関係なく遠くからやってくる。タンカーなどの超巨大な船があっけなく転覆するのはこのうねりにやられるかららしい。つまりその日は前日よりもうねりが弱かったのだろう。

リエンタールはまったく昨日と同じように荒波にもまれながら真面目にどんどん進んでいく。ケープホーンから四〜五時間走ると島影が見える筈だった。

甲板に上がってもいいと言うので、艦橋の脇に出ていった。目指す方向に島がうっすら見える。帰還できる二人はもっと前から望遠鏡で海を眺め、砲艦の姿を捜していたことだろう。

やがて昨日と同じようにして波高の低い場所に停泊し、ディンギーを下ろす作業が始まった。そのときフェルナンデスが驚くべきことを言った。

「もし望むならディンギーに乗ってあの島まで行っていいぞ」

わあっ！という気分だった。

「ただし海の状態はいつ変化するかわからないから上陸しても一〇分間の制限。島のどこかに行って一〇分たってももどらなかったら、そのままボートは本船に帰還する。そうなったらキミは交代兵士とともに半年間あの島で暮らすことになるがそれでもいいのならだがね」

フェルナンデス特有の半ばオドシの冗談でもあったろうが、この吠える海峡は極端にいえば一〇分間で本当に海の状態が変わるかもしれないから、まったくの冗談ばかりの脅しではなかったように思った。とにかく一生に一度の機会だろうからぼくにはそれを拒む理由はなかった。

ドレイク海峡の離島に上陸できるなんて本当に夢のような話だ。ぼくは島に行ってその様子を体で感じ、半年間暮らしていた兵士の住処などを瞬間でもいいから見てみたかった。ふたつのディンギーに必要な荷物の積み込みがテキパキと行われている。プロパンガスやいくつかの梱包された荷物。それに生きている羊が二匹積まれた。これは島で生活する兵士のいざというときの貴重な蛋白源(たんぱくげん)だろう。

その数年後、ぼくはシルクロードの要衝、楼蘭(ろうらん)までいくタクラマカン砂漠の探検隊に同行したが一カ月の旅にやはり生きた羊を何匹か連れていった。殺した肉ではたちまち腐敗してしまうが生きているまま連れていけば、ここぞというときに殺して食べられる貴重な御馳走(ごちそう)(食料)になるのだ。

ぼくはとにかく彼らの足手まといにならないようにテキパキとそして羊のようにおとなしくディンギーに乗り込んだ。交代要員の暗い顔をした二人の兵士はもうひとつのディンギーに乗っていた。

想像したよりも激しい揺れの中をディンギーは波をけたてて進む。やがて肉眼でも小さな入り江のふちで待っている二人の帰還兵士の姿や顔までも見えてきた。そばにいくつかの荷物が見える。

突撃するようにディンギーは小さな浜に乗り上げ、すぐに荷物を下ろす仕事をテキパキ始めた。海軍の兵士というのは日ごろからそういう訓練をされているからなのだろう。とにかくどんな動作もテキパキとして見ているだけで気持ちがいい。

そういう仕事に慣れない者が手をだすとかえって迷惑になるのでぼくは小山に登り、この荒波の中の殆ど無名に近い群島の全容を見ようと思った。しかしそれなりに登るルートがあるのだろう。いきなり登るなんてのは思った以上に難しい。

彼らの住処をさがすときたら到底無理だろうとわかってきた。思わず入り江で作業しているディンギーのほうを何度もふりかえってしまう。そのかなり離れたところにリエンタールの、そこからだとあんがいはかない姿が見える。

一〇分間というのはたいへんあっけない。ぼくはこんな孤島に半年暮らすのは辛いので予定より数分前にディンギーのところにもどった。

慌ただしく、残る兵士とディンギーの兵士との会話があり、間もなく出発となった。

あたらしくこの島の任務につく兵士がリエンタールに帰還していく兵士に「アディオス（さようなら）」という挨拶もなく、敬礼することもなく、いかにも呆然とした感じで突っ立っているのが印象的だった。

戦場に残されるわけではなく、とりあえず置かれた環境、状況に対応していかねばならないだけの問題なのだろうが、端から見ているだけではその複雑な気分はわからないような気がした。

対照的だったのが半年ぶりに帰還できる孤島にいた二人の兵士だった。とにかく笑い顔の連続で、いろんな兵士によく喋ること。今までの閉鎖された鬱屈(うっくつ)から半年ぶりに解放されたのだから当然だろう。

スペイン語のわからないぼくにまでいろんなことを喋りまくるのだ。何言ってんだかわからない、などという野暮なことは言わずぼくもわかったふりをして笑っていちいち頷(うなず)いていた。

人間の本来の姿を見たような気がするし、軍隊というところの非情なものをまのあたりにした気分だった。ディンギーがリエンタールにもどるとすぐに帰路についた。再び吠える海峡を突破し、ケープホーンを横に見てビーグル水道、マゼラン海峡へとときた海路をそのまま帰っていく。

軍務を終えた解放感からか、帰路の途中で艦長との食事に呼ばれた。光栄なことである。ワインを飲み、いろいろな話を聞いた。

とくにこのリエンタールが今回の任務が最後の仕事になると聞いており、艦長もこの船と長いつきあいがあるというのでこれまでの印象的な出来事についていろいろ知りたかった。

事故はなかったのですか、と聞いたらケープホーンの近くで半分沈みかかった、という話をしてくれた。そのときは後部が半分沈み、エンジンが海水で停止したので前甲板に乗員が集まり船の中の木を剝がして焚き火をし、救援を待っていたという。

この艦長はとても優しい人で、そのあと五年後にまたチリに行ったとき、自宅まで招いてくれてチリの家庭料理を御馳走になった。

もうひとつ書いておきたいことがある。それは帰路に大砲の試射を見たことだった。氷河にむけて発射する。直径二〇センチぐらいある砲弾だった。

氷河にむけて撃つなどということをしたら氷河が大崩落してしまうのではないか、と身がまえて見ていたが、砲弾は氷河の中にすっ飛んでいき、そのまますするすると音もなく中に消えてしまった。

どこまで入り込んでいったのか、何も変化がなかった。

何年後かわからないが、いつか砲弾はサカサのままマゼラン海峡の中に氷塊と一緒に突然落ちてくるよ。とフェルナンデスが言った。

II

わが天幕焚き火人生

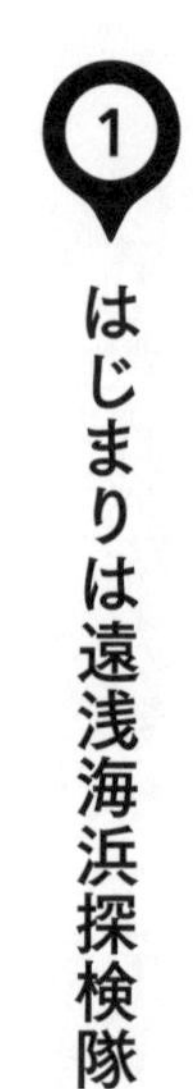

はじまりは遠浅海浜探検隊

三角屋根を見上げながら

アウトドアブームである。海に山に草原に、ほどよいところに持参したテントを張って大地にもっとも近いところに横たわる。目の前、手の届くところにテント特有の三角屋根（天井裏）を眺めながら眠る、というのはまことに贅沢なもので、条件に恵まれればこれほど快適な眠りはない。

ぼくはやたらに旅が多いけれど、よく考えてみるとちゃんとした屋根や寝具などのあるホテルや旅館などのいわゆる「旅の宿」に泊まっているのは、全体の半分ぐらいのような気がする。旅する場所と目的がそういうふうになっているからだ。つまり「仕事」がらみのふらふら旅というやつ。

テント泊は中学生の頃から趣味としてやっていた。家に軍隊で使っていたとおぼしき分厚いズック地みたいなものでできたテントがあり、それを持って仲間三〜四人で自分の町の海岸や小さな川の岸辺でキャンプした。

今のように一般の人が簡単に扱える火力の強いコンロ（ラジュウスという。簡易ガソリンコンロだ）などというのはあまりなかった。中学生ぐらいが煮炊きできる熱源は流木などをあつめて平凡な焚き火をつくってそれを使うぐらいである。

飯盒（はんごう）というのがあってこれも基本的には軍隊が使っていたものだ。全体が底の深い大きなソラマメのような恰好をしていて、うまくやれば中蓋（なかぶた）のスペースでおかずとなるものを温められた。

ぼくたちの目的は、ただ地元の海べり川べりに行ってみんなで自炊してみんなで一晩過ごそう、という目的ともいえない目的だった。そうしたい理由はとくになかったのだけれど、なんとなくそうすべきだ！とツリ目となって東（南だったかな）を睨みつけていたのだった。

ぼくの母親は放任主義というやつで、そうやって外で泊まるのを簡単に許してくれたが友達の家はそうはいかなかった。理由を問われるのだが理由なんかとくにないから、ぼくがその友人の家に行って母親に説明したこともあった。しかしその説明がちゃんとした説明になっていたのかどうかぼくはわからない。まあ不良じゃなかったから親に隠れてタバコを吸ったり、ということはしない、というのを納得してくれたように思う。

そういうぼくの一番好きなことの大きな理由はその頃読んでいた本が影響していたように思う。ぼくは当時、世界の探検記ばかり読んでいた。その真似事をしたい、というだけで、さしてそうする動機のない友達二人をまきこんだ、というだけの話なのである。

でもこの非日常的な取り組みはぼくが誘った二人の友人のココロをそこそこ動かしたようで、さして知識のないまま東京湾に面する遠浅の海岸キャンプとなったのである。

首謀者のぼくは母の目を盗んで三〜四人分で使えそうな鍋を自宅からだまって持ちだした。味噌汁用である。誘った二人には自分の食器（うつわと箸など）を持ってくるように伝えた。

テントや飯盒などは、当時ぼくの家に居候をしていた叔父さんのものを借りた。復員兵であったおじさんは軍隊で使っていたそれらの道具を携えたまま、ぼくの家に居候していたのだ。叔父さんがぼくの家に居候していた理由は、その当時は全然関心がなかったのでよく知らない。

結婚して妻子はいたのだが、そのもとに帰らなかったのはそれなりの辛く深い事情があったのだろう。

叔父さんの居候している小屋（わが家の庭に六畳ぐらいの家がつくってあった）に行って貸して下さいと言うと
「マコト君（ぼくのことですな）の必要と思っているものはなんでも持っていっていいよ」

と思っていたとおり貸してくれた。

「でも、それをどこに持っていくんだね」

と叔父さんは聞いた。

ぼくはもともとさして明確な目的があるキャンプじゃなかったからそう聞かれると少し困る。なんとなく「海」のあたりがいいな、と思っていたからそのように答えた。

「ふーん。この町の海かい？」

叔父さんは聞き、ぼくは頷いた。

「それじゃあキャンプに役立つもうひとつ重要なものを貸してあげよう」

なんだかわからなかったけれど叔父さんは押し入れの中に顔をつっこみゴソゴソやっていたが、やがてかなりがっしりした細身の斧のようなものをひっぱりだしてきた。

「これは薪割りにもなるし、ちょっとした大ざっぱな包丁にもなる便利なものだ。ただし持っていくときは、リュックサックの中にいれて人前ではあまり見せないように。使い方はもっとも注意するように」などと言う。いきなりなのでちょっと緊張した。

コメは最初から家で研いでいった。この飯盒は無理して三合まで、と叔父さんはさらにアドバイスしてくれた。おかずは家にある缶詰や瓶詰、味噌汁のためのほうれん草とネギ、そして味噌などを持っていった。あとは小学校のときから使っている水筒に水をいっぱい。これは仲間の二人にもそうするように伝えておいた。

そうして秋の中頃の土曜日の午後、ぼくの率いる初めての海浜探検隊が出発したのだった。もっとも目的地まで一五分で着いてしまったけれど。

テントは重く、それは二人でかつがないと運べなかった。寝袋というのはまだなかったからみんな家にある古い毛布を持ってきた。今思えばだいぶ怪しい少年家出隊みたいだったろう。何年にもわたってやってきていた海岸には夕方の犬の散歩をさせる人ぐらいしかいなかった。

ぼくたちは重いテントを苦労して張った。当時のそれは三メートルぐらいの横長三角屋根に鉄のポールをたて、屋根から地面までごわごわするロープがあるのでそのあたりを捜して杭になるものを地面に打ちつけ押さえる。初めてのことなのでそれだけで随分時間がかかってしまった。床は別のズック地のシートだったから、テントとシートの隙間から風も虫もいくらでも入ってくる。適正の高さよりも少し高くしてしまったようだったが、もうやり直しする元気はなかった。

いつのまにか薄暗くなっておりすぐに食事の支度である。ぼくが飯盒の準備をしているときに二人は流木を集めに行く。そのくらいのときまではみんな元気だった。

それから苦労して焚き火をつくった。飯盒をぶらさげるシクミがよくわからずぼくたちは意見が割れた。地面に穴を掘って底に火をつくり上に飯盒をのせる、という案。

焚き火の左右に固い木をX型に組み立ててそこに棒をわたし真ん中あたりに飯盒を吊るす、という方法。一人は焚き火の火が弱まったところでその真ん中に飯盒を乗せる、という方法を主張した。

どっちにせよ誰も未経験なのだから正解というのはなかった。

なんの必然性もなかったけれど、そのようにしてヒト気のない海岸で流木焚き火を燃やし、今まで見たことのなかった海岸べりの夕方から夜までのスピードの早い変わり方などを静かに感動して眺めていたのだった。

飯盒のごはんは結局焚き火の端のおき火を加減して炊いた。途中で沸騰し、かなりの湯が流れてしまったので、大切なごはんはちょっと芯のある「ガンダめし」というやつになってしまった。けれどそれであっても自分たちでつくったごはんだからなかなかおいしい！と強引にみんなでうなずいたのだった。

ごはんを食べるとやることはさしてなくなってしまった。結構重い荷物を運んできたのと慣れないテント張りなどで疲れていたのだろう。早めにそれぞれの毛布にもぐり込んだ。夕陽が落ちると思いがけなく寒くなる、ということに驚いた。毛布にくるまって三人でいろんな話をするのが一番楽しかった。

またこういうのをやろうな、と約束した。

いくつかの試練

そのあと町の東に流れる川の近くと町の裏手にある低い山に行った。やっぱりテントが重く、山は三〇メートルぐらいのところでギブアップし、少し斜めになったテントを張った。三〇メートルといっても松の木などが夜中の風に擦れてなんだか不気味であまり楽しいキャンプということでもなかった。

それからしばらくしてぼくが本格的なキャンプをはじめたのは中学三年生になってからで、奥多摩の谷川近くの林が丸くなっていてその下の地面が少し平らになっているところを選んだ。

このときも季節は秋だった。登山のためのキャンプというわけではなく釣りをするのが主な目的だった。そのときも三人だったが顔ぶれは海のキャンプのときとは違っていた。まだ本格的に釣りの経験はなく知識もなかったが、一人の友達のお兄さんが渓流釣りをよく知っており、その友人がもっぱら指南役だった。でも、仕掛けづくりを習ってきたと言っていたがいたるところで「アッ違った」ということの連発で、前途は最初から多難だった。

谷川の夕暮れは想像した以上にとんでもなく早く進み、川の水も冷たかった。三人の竿と仕掛けができてようやく谷川の獲物をねらうぞ、という段階になったときにはぼくたちが用意してきた服装では寒くて根気が続かなかった。何匹か気の毒なくらい小さな赤ちゃん魚がかかった。たぶんハヤかなにかだろうと思うが食べるにはあまりにも忍びないので、結局それぞれが釣れると空中にぶらさげて「とにかく釣ったぞ」とそれぞれ他の二人に確認させて全部リリースしてしまった。

ぼくたちがヘッドランプを使ったのはこのキャンプが初めてだったのではないか、と思う。中学生の小遣いで買ったから結構高く感じた。その頃のヘッドランプは単一というもっとも大きくて重い電池を二〜三個使う、というものでそれが入った専用ケースを腰のところにくくりつけ、そこから細いコードが頭のランプに続いていて電流を送る、という、今思えばおそろしく古めかしい構造をしていて、それをつけると全員炭鉱作業員みたいになって結構自慢げな気持ちになった。

この頃まで叔父さんの飯盒を使っていた。もうひとつ叔父さんから借りて海のキャンプでは使わなかったがこの奥多摩キャンプでは初めて使い、その威力に感心したのが「大事に気をつけて使うように」と言われていた細長い斧だった。全体が刀に似ていてちょうど「小刀」ぐらいの長さだった。それを鞘から抜くと刀身がギラギラ光り、使うのにちょっと緊張した。

それがいったい何であるのか、あとで叔父さんに「マコト君。これは秘密だからな」という前置きのもとに知ったのは、本物の刀だったのである。軍刀だ。刀身が短いのはもともと長いのを柄から三〇センチぐらいのところでタガネで辛抱強く打ち、その長さにまで切ったのだという。

最強のあったか作戦

家庭で長刀を持っているのは刀剣所持違反になるから、苦労してタガネで切ったのだという。その斧の切れ味はもの凄かった。川原に転がっている流木など面白いようにスパッと切れる。おかげでその日は以前体験した海べりキャンプのときとは比べ物にならないくらいシンシンと冷えてくる寒さに盛大な焚き火でなんとか耐えることができた。

このときは電車で移動するので登山をする友人のお兄さんから三〜四人用のナイロン製の軽くて頑丈なテントを借りてきてあったし、雨などのときに非常に役にたつフライシートというものも借りてきてあった。これはテントの上をしっかり覆うものだった。しかもこの頃のテントは屋根の部分と床の部分がつながっていて、入り口のファスナーもきっちり閉まり隙間風などというものもいっさい入らず快適さは抜群だった。

さらにその当時の天幕（てんまく）（テントのことをむかしはこう言った）愛好家たちの体を心底やすらがせてくれたのは、寝袋（今はシュラフと言う）の素材が羽毛になっていることであった。その頃の友達のお兄さんが山岳部にいて、たっての頼みで三人分の羽毛のシュラフを借りることができたのである。

それまでは綿だった。なんと普通の家庭用布団と同じである。これはかさばるし羽毛の寝袋とくらべると格段に重く湿っぽかった。そうしておっそろしく雨に弱かった。低気圧などがやってくると緻密にガードしたつもりでも確実に水が入ってきてじわじわ濡れだしていく。しかもいったん濡れるとその翌日よほどいい天気にならないと頑固に乾かない。

そればかりかいったん濡れてしまうと濡れたところが固まってきてどんどん重くなってくる。山のかなり高いところでキャンプなどしていると泣きたくなるくらいのむごい仕打ちとなるのである。

羽毛のシュラフの登場はテント旅の神様降臨に等しい暁光拝受(ぎょうこう)であった。さらにほぼ同じ頃に防水性に優れたシュラフカバーが登場した。これをシュラフにそっくりかぶせると水に対してついに無敵となった！　などと胸をそらせたりした。別にぼくがその発展になにか特別に活躍したわけじゃないんだけれど。

やがてマイナス五度以下が予測されるテント旅のときは、春夏用の薄い羽毛シュラフを二セット。それをかぶせる少し厚手のシュラフカバーの三段重ね作戦をとることにしている。メリットはそれはいずれもピシッと折り畳むと風体は小さく重さも軽くなることであった。これは今でも変わらない。

なんとなくアウトドア天幕講座のようになってしまったが、もうひとつ寒冷地キャンプで大事なのは、寒さは地面からやってくる、ということである。今はいろんな素材の、しかもまとめるとびっくりするほどコンパクトになる断熱(断冷)マットやエアマットが売られている。自分にとって最強のものを捜す楽しみが増えた、というものである。

無人島ばかり行きはじめた

大人になってもぼくの天幕旅は続いていた。二〇代から三〇代の頃は離島キャンプを続けていた。なぜだか自分でもわからないのだが、「離れ島」と聞くととたんに心が弾むのだ。「ひょっこりひょうたん島」を見すぎたのかもしれない。

いろんな島に行った。その頃は名もないような無人島に心を弾ませていた。たいてい何人かの同じぐらいの世代の奴と行った。その頃は海での魚釣りが下手だったので滞在日数にあわせて基本食料および酒類を持っていく。嵐などで島に閉じ込められてしまいサケもまったくない、などという悲しみは絶対避けなければならない。

この頃の話はいっぱい本に書いた。ぼくはその頃「わしらは怪しい探検隊」というその名のとおり怪しげなセーネン集団をつくり、いつも一〇人ぐらいで日本中の島に行ったのだった。島に行っても別に「タンケン」らしきことは何もしない。夏などはせいぜい四〜

五メートル潜って掴み取りできる貝だの、ヤスで突けるくらいのノロマな魚をとってきて鍋に入れ、いくらかのダシにしたくらいだった。

今思えばこの頃のキャンプがいちばんノンキで楽しかった。だからこの頃の行状記を書いた本はいまだに寝しなに本箱からひっぱりだして、つくづくおれたちはバカだなあ、と感心しているのである。

どのくらいバカだったかというと……。

ああ、その話になると簡単には終わらない。だから踏み込まないほうがいい。

ひとつだけ紹介すると大休一〇人ぐらいで海浜キャンプをするといつでも最高の料理はカレーライスである。

誰でもつくれるし、多少ジャリなんかが入っていてもまあまあ食える。

あるとき普段にない、いやにおいしいカレーができた。コクというか深みというか、今までになかった本格的インドカレーみたいな「うまさ」なのだ。もっとも当時、誰も本格的なインドカレーなんか食っていなかったが。

「うめえ」「うめえ」と言いながらみんなどんどんお代わりしていく。そうしてついにカラになってしまった。その頃の我々の使っていた鍋は乱暴に扱っているからあちこちデコボコ。鍋の底などたいらなところがないくらいだった。いちばん最後までいじきたなく食っていた誰かが「あああ。これえ～なんだあ～」とおかしな声を出した。なんだなんだとまわりのものがそのカラになりつつある鍋を覗くと、底に蚊とり線香がまるまる一個こびりついていたのである。

「わあ！」

みんなある程度感動してその状態を見た。

「この蚊とり線香があの独特のスパイスを効かせていたのだ」

という感想である。

ただしかし、三日目にもカレーになったがあえて蚊とり線香を投入しよう、という者はいなかった。

冬山の恐怖と歓喜

三〇歳を過ぎてから冬の登山にのめりこんでいった。冬の山は他の季節よりも危険度は高いが、それだけにうまく計画達成するとヨロコビが大きい。ルートや雪の状態、天候などの具合を見て、小屋泊まりかテント泊かを決める。むかしの小屋の管理人は年配の人も若いのもなぜかやたら威張っていて、ぼくたちは怒られてばかりいるのでテント泊のほうが好きだった。有名な山になるとテント泊用の場所が決められていて、それだけ便利なようにつくられていた。たとえば「たいらな場所」があることだ。

雪で覆われていると下の地形がわからず傾斜しているところにテントを張るといろいろ不便が生じる。自由に気にいったところにテントを張るにはその山全体の地形を考えなければならなかった。

ちょっとした小山の上にテントを張るなどというバカなことはしない。吹雪になって強烈な風が吹くと、真先にテントごとどこかに吹っ飛ばされてしまう。なるべく風よけになる場所を捜す。急峻な山の崖の下などは雪崩の心配がある。場所によってはできるだけ鞍部の地形を捜す。文字でもわかるように馬の鞍のようになったところだ。そういうところから少し下りていき、風よけになっているようなところがいい。多少の傾斜は雪を使って平均的にタイラになるようにならす。

冬用のテントは二重張りになっていて入り口は布のトンネルのようになっている。落ちついたらその出入り口をしぼって（しばって）テント内の温かい空気を逃さないようにする。

水はつくづく貴重だった。水筒などに入れていてもすぐに凍ってしまうから、使うにはまず熱を加えて液体（湯）にしなければならない。雪山のときは個人用テントなど使わず、二～三人のチームだったら三～四人用のテントを使う。ラジュウスをつけてコンロを乗せ、まわりにある雪をとかすことからはじまる。

なるべく単純かつ簡単な食い物がいいから、あらかじめ自宅でつくっておいた肉や野菜のブツギリなどをそこに投入。醤油か味噌の味つけをしてそれを一晩もたせる。水分が足りなくなってきたら再びまわりの雪を加え、さらに様子を見て食料を加える。餅とかキリタンポなどがそういうごった煮鍋には便利だった。

行動食として、家で肉や根野菜、豆、コンブなどを煮たものを各自持ってくることになっていた。これはよく「ペミカン」と呼ばれた。雪山ではにぎり飯などすぐに凍ってしまい、怪獣のような歯と顎でなければ雪の中で食うこともできない。雪山のキャンプ登山はなにかと大変だが、吹雪などにやられなければ景観は抜群だしすぐにいろいろ変わるし、そういうところまで自力でやってきたぞ、という達成感が大きい。でもそこに至るまでいろいろ耐えなければならないことが多く、せいぜい三〇代ぐらいまでが限度のような気がする。

わしらは怪しい雑魚釣り隊

でもぼくはそれ以降も毎月のようにキャンプ旅をしてきた。ただし目的はだいぶ変わっていった。

さっきいった三〇代の頃はもっぱらスクーバダイビングに凝っていて、海の中に潜っていってオサカナさんと遊んでいた。

人間がオサカナさんの世界に行くには大変だ。人間には鰓（えら）がないから空気の入ったボンベを背負って、そこから少しずつ呼吸しなければならない。よくあのタンクを「酸素ボンベ」という人がいるが、正確には酸素もまじった圧縮空気と呼ぶべきものだ。本当にそこらの空気を圧縮機で濃縮している。

だいたい一本の標準的なタンクで電話ボックスひとつ分ぐらいの空気が入っている。圧縮空気の使用率は、人間の肺呼吸の差と潜っている水深によっていろいろに変わっていく。普通これ一本で一〇メートル前後のところを潜っていると四〇〜五〇分は潜水可能だ。

そういうものを背中に背負い、水中眼鏡、足ヒレ、より効率的に潜るための鉛製のオモリベルトを腰にまく。体重や体型によるがだいたい六〜一〇キロぐらいの重さのものだ。オサカナさんのいる世界は異次元だからそこにおじゃまするのはなにかと大変なのである。歳とともにそういうアレコレが面倒くさくなってきたので、今は陸や海や船から竿をだしての釣りが趣味になった。ぼくはむかしからおまつり男なのでなにか面白いことを見つけるとすぐに友人知人の仲間を集める。

それで今は「雑魚(ざこ)釣り隊」というその名のとおり北に南に東奔西走、海でも川でも水たまりでもとにかく竿をだす。いろんな餌を使っていろんな魚を釣る。それらはその日のめしのおかずになる、というラクチン作戦になった。

最初の頃は酒場の飲み仲間一〇人ぐらいで関東のいろんな場所に行ったが、どんどん仲間が増えてきて今はレギュラーで二〇人ぐらいいる。ときどき参加するのがあと一〇人ぐらいいるから、ときおり大物（何本ものカツオとかサバ、アジ、イカ、タコ、ヒラメ、ブリなど）が釣れるとキャンプは〝おまつり〟になる。テント泊でないときは仲間が新宿でやっている居酒屋に持ち込んでほとんど貸し切り状態の大宴会となる。

釣ったばかりの魚はまずは刺し身だ。当然どんな料理にしてもうまいんですよお〜。

天幕革命のヒラメキ

あっ、そうだ。ここではキャンプのテント泊のことにテーマをしぼって書いているのであった。我々は大人数なのでキャンプを主体にしている。民宿に泊まっても五〇〇〇円前後はとられる。二〇人の参加があると一〇万円だ。もったいない、ということで全員テントで寝起きすることになった。

それから海岸や川原の流木を集め、焚き火をつくってそれで煮炊きする。中学の頃にやっていたのをもっとスケールアップしたことをいまだにやっているわけである。

子供の頃と違うのは仲間に本格的な料理人がいるのだから心強い。今ならオプションのオーダーによって、ちょっとエスニックな異色スパイスを使った本格的な蚊とり線香カレーも本気で食えるかもしれない。人数が増えていくとつくる分量がまともじゃない、というところから最近は浜辺の起伏を利用してプロパンガスを使った効率的な野外台所をつくり、料理方法も本格的なものに変わってきている。

そうしてあるとき、浜辺に散開しているスタイルも組み立て方法も違う個人テントを見てぼくは考えた。一人がひとつずつ自分のテントを組み立てるのはどうなのか。こまかくチマチマした部品を使って時間も使っての戸建てテントは無駄ではないのか。

そういうふうに思ったのは、あるとき我々の近くに親子四人連れのファミリーキャンパーがやってきて、今まで見たこともないような大テントの組み立てをはじめた。買ってきたばかりのようであまりにも大きく複雑なのでなかなかはかどらない。みると一〇人用ぐらいで二間に分かれているスーパーデラックス豪邸テントだ。

でもそれだとあまりにも複雑な組み立てになるのだろう。一時間たっても二時間たっても「骨組み」すらできていない。そのうち若いパパとママは方針の違いが起きたのか喧嘩しはじめるし、お腹のすいた子供らは泣きだすし、なんとも大変なことになっていった。たぶんあれだけのものになると一五万円はくだらないだろう。考えるにそれはアメリカとかカナダなんかの一週間とか半月間のバカンス用につくられた長期滞在用のテントで、日本のせいぜい二泊三日程度のテント生活向きにはできていないのだろう。

そういう光景を見ていてぼくは我々みたいな大世帯がいっぺんに泊まれ、雨でもテントの中で焚き火も煮炊きもできるカクメイ的なテントを思いついたのだった。

② 秘密のブルーシャトー

思えばあしかけ四〇年

ぼくが便宜上隊長をしている野外移動集団、とでもいうべき男たちのチームは結成してそろそろ一五年ぐらいになりそうである。年ごとにメンバーは増えていき、今はレギュラー隊員が二〇人。それに加えてときどき気まぐれに参加する年長者だったり、どこかの会社でどうもかなり偉いのだろうな、と思わせる、たとえば五〇代の社長さんや五〜六年前に定年退職し、今はゴルフと読書、暇つぶしの延長で我々と遊んでくれる無口な知識人などは「客人待遇」と呼ばれる。そういう人がおよそ七〜八人。さしたる共同目的も組織としてのポリシーなど何もない、見方を変えれば混合ウロチョロ集団。

島に遠征するぞ、などということになって港に集まるとその風体はホームレスの集団と見る人もいるだろう。どっちみち野外での生活だからヨレヨレの恰好をしてくるのだからしょうがない。

ホームレスと少し違うのは、それぞれ家だのアパートだのの文化生活の本拠地を持っていることだが、どうもみんなの様子を見ていると、そういう「どこへいくんだかわからない野外旅」に出るときにかついでいく一人用のカタツムリテントが大変好きらしい、というコトである。

というのもその集団「怪しい探検隊」は、ぼくが三〇代の頃に突如としてはじめた野外焚き火集団が基礎にあって、何を怪しくタンケンするのかよくわからないうちに、やみくもにみんなで日本のあっちこっちへ行って焚き火して何か食ってテントにもぐって寝てくる、ということを繰り返していたのがおよそ一〇年ぶりに復活した、という背景があるからだ。

少し空白期間があったけれど二〇〇五年に「怪しい雑魚釣り隊」と名称に少し実態感を加えて復活した。名称に「釣魚」という生産的なヒトコトがついたけれど、変わらないのはあくまでも「怪しい」ところだ。

むかしから体育会系のメンバーが多かったのでどうしても年齢序列的になり（年功序列で

はないのね)、誕生日が一日でも先のほうが立場上意味なくガゼンえらくなる。

今いる二〇人のうち若いほうから一〇人ほどはむかしからずっと一〇年ぐらいは新人扱いされ、必然的に「ドレイ待遇」ということになる。

彼らはどこへ行くにしても下働きがノルマとして課せられる。ドレイから一般隊員になるには個人差があるけれど大体一〇年はかかる。だから今は妻子もちのドレイもいっぱいいます。まあ、こういうのを真面目にとらえる人は我々に近寄ってこないから、「ドレイとは差別用語ではないですか。リンカーンを知っているでしょう」などとまっすぐな目で言ってくるヒトはまずいない(筈だ)。

そういう旧態然としたそれだけのキマリなのに、何が面白いのか入隊を希望する若者が常にいる。そうしてもうおじいさんと呼ばれる歳になっているぼくが、いまだに二〇数人の若い仲間をひき連れて毎月、全国をキャンプ旅しているのである。ただしあまりにも寒いときとか野外テント張りが難しそうなときは、空き民家に全員でなだれ込み、ストーブだのこたつなどを囲んで「たまにはこうして堕落するのもいい!」「うんそうだなあ!」などと内部団結するのである。

仕事取材、という側面もある

毎月一度は必すどこかへ行くのには理由があって一五年ほど前から「釣り」をテーマにした野外焚き火釣り料理酔いつぶれキャンプというのが不可欠になったからだ。

おれたちはどこへ行っても自分たちの食料を確保するために釣りをする。もちろん釣れないときもあれば釣れるときもある。釣れるときの例でいうと、島で四〇センチクラスのサバを四〇本、という記録があるし、せんだっては陸っぱりでやはり四〇センチクラスのシマアジを五〇本ぐらい釣って、仲間にいる本物の寿司職人が推定三〇〇個の握り寿司をつくった。島のキャンプ場でですよ。

まるっきり釣れないときは全員でその罪をなすりつけあい、ボウズ（一匹も釣れなかった奴）は釣り人に一番嫌われる雑魚中の雑魚であるキタマクラ三〇匹鍋を一人で食う、という掟がある。

キタマクラ。嫌な名である。人間が死ぬと北の方向に頭を向けて寝かせられる習俗があるが、つまりその雑魚を食うとかなりの確率で死ぬ、と言われているのである。

あれ、なんのためにこんな話をしているのだっけ。

そうそう。おれたちが毎月必ず釣りキャンプしなければいけない理由だった。おれたちのその行状記を週刊誌に（最初の頃は『つり丸』、そのあと『週刊ポスト』に連載移籍）月一回その行状記の報告連載を書かねばならないからである。一年ぐらいたつとだいたい一冊の本にまとまる。三〇代の頃から無人島を中心に行っていた怪しい探検隊の時代から数えるとそのシリーズはもう二〇冊ほどになっている。

各自一戸建ての贅沢

ひゃあここまで説明して、ようやくテントの話につながっていくのである。

今我々はそれぞれの好みで個人用のテントを持っており、そのキャンプ場所の地形や天候に応じて好き好きな場所に寝場所を決めている。海を目の前にしたゆるやかな草つきの斜面の一番高い丘の上に個人テントをたててもいいし、よらば大樹の陰を信じて大きな栗の木の下に寄生虫のごとくテントを張る奴もいる。

そういう丘の上派はそれぞれ一戸建ての自分の家（テント）を中心に、半径五〇メートルは自分の地所だと宣言してもいい。その近隣のやはり海抜のある丘の上にテントを張り、同じぐらいの地所保有を宣言し、隣り同士眼下を眺め、斜面の下にテントを張った奴を見下していてもいい。

「やはりわたしら山の手の高級住宅地じゃなかった高級テントは、風当通しがよくて見晴らしがいいから気持ちよござんすね」

「本当に。ここからみると斜面の下のガサヤブの中にテントを張っている労働者階級がいますよ」

「低所得のヤサグレなんでしょね」

「妻に逃げられて」

などと優越感にひたっていると、その夜からにわかに低気圧がやってきて、モロに風雨をうける山の手の高級邸宅（テント）が次々に倒壊。ひどいときは強風にテントごと持っていかれる、という災難にあったりする。

よらば大樹の陰を選んだ奴はたしかに風には強かったが、あまり大樹によりそいすぎて、幹が雨を集めて「滝状の雨樋」のようになり、テントの中も寝袋も人間もびしょびしょ、という悲惨な状態になる。

テントの張り方ひとつ見ると、そいつがこれまでどれほど野山の自然に接してきて、そこで自活できるサバイバル能力を持っているか、ということがすぐわかって面白い。

なんだかんだいっても小学生の頃からキャンプの真似事をしてきたぼくは、これまで実にいろんな仕組みのテントを張ってきたのだから、あたりの状況を見て安全で損傷の少ない場所を見定め、自然の地形を利用したテントの張り方などについてははっきりいって自信がある。

前に紹介した夫婦二人と子供二人でキャンプにやってきたファミリーが、アメリカやカナダなどの人々がよく使っている、半月間は滞在するような広くて頑丈で（ついでに高い）大型テントを使いこなせなかった悲劇を目のあたりにしてぼくは、我々の「一戸建て」テント生活は贅沢すぎるかもしれないな、と思っていた。

頑丈なタープさえつくれば

我々のように二〇人以上でキャンプするとき一番重要なのは炊事、倉庫、食事、焚き火など言ってみれば一家のみんながひとところに集まって仕事（炊事）や、くつろぎ、酒と一緒の団欒（だんらん）の場の確保である。

その役目をはたすのは通常はがっしりしたタープと呼ばれる天蓋（てんがい）（天幕）をたてて、雨露をしのぐことになる。でも雨もいろいろで、海岸などでは雨はたいてい横なぐりの状態になり、その下に入っていたって全身濡れてしまう。それをよけるのに一番威力を発揮するのがブルーシートだ。これを風上に張れば横なぐりの風をしのぐことができる。

二方向から風がくるときは「L字」型に張る。稀に全方向から吹いてくることがあり、そういうときは何本ものロープでタープを支えている柱を強烈に抑える作業をする。でも突風が下から全体をもちあげるようになってきたら、もう無駄なあがきはやめて破かれないうちにタープを倒し、全員泣きながら濡れているしかない。

そこで考えたのは、モンゴルを旅していたとき二カ月ほどお世話になっていたゲル（内モンゴルではパオ）の強さと利点だ。

ゲルは標準的な大きさで直径六メートル。柳の木を細く切ったのを、チャチな例えながらカラカサのような構造にして屋根を支えている。下まわりは一メートルほどの高さで馬や羊の毛でつくったフェルトをぐるりと張る。冬などこれが実にあたたかい。外側を厚布シートでくるみ、補強のためにロープで全体をきつく縛る。

天井に直径五〇センチほどの穴があいており、これがマイナス二〇度ぐらいになる冬季の暖房用ストーブの煙突出し口になる。この天井の丸い穴は雪が大量に降ってきたときなどは、ロープとシートをうまく使ってぴったり閉じられるようになっている。

ここには一〇人は余裕で寝られる。モンゴル滞在中はこのゲルで寝るのがじつに快適だった。ちなみに内モンゴルのそれも呼び名は違うだけで構造的には同じである。

内モンゴルがパオと呼ぶのは、全体の形が中国料理の「パオズ」に似ているからなんだろうと勝手に思っている。この形式のものはユーラシア大陸の北方民族に共通しており、ぼくはマイナス四八度になるシベリアで全体を動物の皮で覆ったユルタと呼ぶ、ゲルと同じ形のものの中で過ごしていたことがある。ゲルもユルタも共通しているのはその中で焚き火をおこし煮炊きできることだ。

さらにもうひとつアラスカの地で、ティピーテントで一週間暮らしたことがある。前から気になっていたのだが、これは雄大かつ単純な構造の遊牧民の家――ということであった。ティピーにはいろんな大きさがあり、それによって、全体を覆う外皮もいろんな種類を使っている。

構造はゲルよりも単純で、ひとつの典型的な例でいえば一〇メートルぐらいのまっすぐな樹木を一〇～二〇本ほど集めて、それらのこずえから二～三メートル下を獣皮の紐で巻いている。

まっすぐの棒を全体的にどんどん広げていって直径五メートルぐらい広がったところで地面に棒杭を固定する。これも冬や天候の悪いときのためにてっぺんの部分を五〇センチは広げておく。中で焚き火をやる排煙のためだが不思議に雨はおちてこない。

テロリストに間違われる

こんなふうにこれまでぼくは世界のいろんなところでキャンプしながらの旅をしてきた。土地（標高とか土、草の質とか）によって条件はいろいろ違う。快適だったり一刻も早く夜明けがくるのを待っていた夜もある。

とんでもなく楽しく、とんでもなく苦しかったのはどちらも南米の旅だった。

チリ・パタゴニアでのキャンプは、チリの季節が一番よかったことが第一の理由だろう。馬による旅だった。ガウチョ（チリのカウボーイ）らとの五人で、八頭ほどの馬をつれていた。ぼくは四〇代でそういう野性の馬を乗りまわすことを旅の条件として強いられていたから、否応（いやおう）なくいろんな馬に乗っているうちにどんな馬でも乗りこなせるようになっていた。

パタゴニアのキャンプテントは荒々しかった。

人口密度が極端に低いので自然保護意識のへったくれもなく、木立の密生しているところに生えている南極ブナの若木をわさわさ切っていって長さを揃え、それを並べて床をつくる。できたらその上に古いグアナコ（ラクダの仲間）の皮をしいて、その上に三角型の上部骨格のようなものをふたつつくり、それをつなぐ横木を結びつけ、その上に穴ぼこだらけの大きなシートを乗せて四隅をとめ、それで完成である。床にする木を切り出してから一時間ぐらいで五人が寝られる頑丈な小屋をつくってしまった。

小屋の前で焚き火をする。パタゴニアのマゼラン海峡沿いの森林地帯は湿気が多く、夜には冷えるので焚き火は不可欠だ。その薪もまだ生えている南極ブナの結構太いのを切って使う。生木を燃やすのでびっくりしてしまったが、一度火がつくと内部に脂が多く含まれているから火保ちがよく見張りなしで寝られるからそれが一番いいのだ、と教えられた。

むかしのことだが、主にアマゾンに行って巨大なナマズを釣っているナマズ博士とヨーロッパ大ナマズを釣りに行ったことがある。二〜三メートルはある怪物で、ちょっとしたクレーンのフックみたいなものに、餌であるニワトリをつけてイスタンブールに流れているサカリア川というかにも怪しげな川の深みに投げて、ぶっといミチイトに強度のある油のしみ込んだ細いロープを結びつけ、頑丈そうな太い木の幹に縛りつける。

テント場はその近くのユーカリの林の中にした。快適だったが真夜中にいきなり起こされた。外が騒がしい。はやくも怪物ナマズが釣れたのかとよろこびつつ、テントから顔をだすと、目の前に小銃の銃口があった。たくさんの兵隊がいてそいつらが騒音をたてていたようだ。我々は四人チームだったがひとつひとつのテントを強引にあけて何かを調べているようだった。かれらはみんな武装している。

通訳に聞いてわかったのは、我々の姿を目撃した人から通報があって、わけのわからない東洋人がユーカリ林の中に潜んでいる、とかなんとか言ったらしい。当時はまだ日本赤軍のテロがヨーロッパを緊張させていた頃だったから、アジア人でとりわけ日本人らしいチームがテントで暮らしている、などというのはもっとも怪しい話だったのである。

しかしいきなり起こされて、目の前に銃口がある、なんて映画のような体験は、今となるとけっこう懐かしい。

アマゾンのキャンプは快適なんだか苦しいんだかよくわからなかった。

事前に聞いていたのは外で焚き火はしないほうがいい、という注意事項だった。焚き火のないキャンプなんて……と不服に思ったが、数多くいる蛇の中でもっとも恐れられているのに「ブラックマンバ」というのがいて、これは非常に獰猛で猛毒、動作も機敏。走る（というか、くねりすべる）スピードがとてつもなく、一説には馬よりも早い、というからおそろしい。

そしてこのブラックマンバはなぜかハダカ火（ハダカじゃないですよ）に異常に反応し、キャンプで焚き火を囲んでいるとジャングルの奥から突如こいつが現れて焚き火の中に飛びこみ、あちちちちちっといってまわりにいる人間に噛みついてくる、というとんでもなく迷惑な奴らしい。

幸い、ぼくがアマゾンに行ったときは雨期で、奥アマゾン（テフェ＝アマゾンでもっとも奥地の町）から小船で丸一日行ったアマゾンの広大（一説にはヨーロッパ全土ぐらいあるという）な氾濫エリアに入っていった。エクアドル、ペルー、コロンビア、ボリビア、ガイアナ、チリ、ブラジルなどの高山から氷河のとけた水が何本もアマゾン本流になだれこんでいる。

その支流である川のひとつひとつが二〇〇〇キロ前後あり、その年によって流量も流路も違っているから、この源流部分から計算するとアマゾン河の正確な長さは毎年変わり実際にはよくわかっていないらしい。

アマゾンには雨期と乾期があるがぼくが行ったときは雨期のおわりの頃、しかしまだ地面というものが存在していなかった。したがってアマゾン大地にテントを張りブラックマンバを恐れながらのキャンプはできなかった、というかやらずにすんだのだった。

でもそういう状態だからこそ体験できたのは、洪水状態と化したアマゾンで寝るという想像もしなかった体験だった。

ぼくは粗末ながらちゃんと浮かんでいる平らな浮き小屋のハンモックのある部屋で寝た。ハンモックは奥アマゾンに行く人々の必需品だ。よく南島のリゾートホテルの庭園にある椰子(やし)と椰子の間にしつらえたハンモナックなど見るといかにも気持ちよさそうだ。ダブルハンモックなどといってふたつくっつけて並んだハンモックなんかにカップルが横たわったら、その振動が頭と足のところにある椰子の木にどういう作用を及ぼすのか。想像するだけで恐ろしい。

椰子はたいてい地上一〇メートルぐらいのところに大きくて重い実をいくつもつけている。その下でハンモックを揺すりながら「愛しているよ」「あたしもよ」「どのくらい?」「いっぱい!」「あたしもよ」などと言っている二人の頭の上にいつ重さ三〜四キロの椰子の実が落下してくるかわからない。それと同時に何よりもリゾートホテルなんかにかけられたハンモックに寝そべると体が逆「へ」の字になってしまい、だんだん腰が痛くなってきてまあ五分ぐらいで嫌になってしまう。

しかしアマゾンのハンモックは広げるとタタミ一畳分ぐらいの広さになり、安眠するコツはそこにナナメになって寝ることなのである。そうやってみると不思議なことに体は水平になり、全身が風に吹かれるからまことに心地のいい眠りを得られる。

そういうしつらえのハンモックを用意してくれた。そこにねそべって頭の上を見上げるとカナアミが張られている。注意してよく見るとぼくのまわりはみんなカナアミが張られており、気がつかなかったが今入ってきた入り口のドアもカナアミが張られていた。これではまるでニワトリみたいだ。あとで寝心地を確かめにきた通訳に聞くと、このあたりは毒蛇がいるのでこのカナアミは毒蛇の侵入するのをふせぐためです。

と、しばし考えさせられる真相を語ってくれた。

カナダ北極圏のバフィン島に行ったときは夏だった。

イヌイットのファミリーとツンドラを縦断して流れる川を狩りのために北上していったときは、上流から流れてくる流氷を避けるのがスリル満点だった。

ボートに乗っていたときは気がつかなかったが、最初にキャンプするために小さな流れ込みで大量の蚊がいるのがわかった。ボートだとみんな風で飛ばされていたのだ。停止してみると恐るべき濃密な蚊に悩まされた。体の露出しているところは絶え間なく蚊に食われる。

慣れるまで一週間ぐらいかかったが冬の間凍結していたツンドラのいたるところに氷の溶けたたまり水ができ、そこから発生してくるのだから尽きることがない。そのときぼくは一人用の入り口に網がついていて、それを密閉できる方式のテントを持っていったことに気づき安心した。でも外にいるとあまりにもひっきりなしの蚊の攻撃で神経がおかしくなるようだった。

一番凌(しの)げるのが自分のテントにもぐり込むことだが、網のファスナーをあけてぼくがテントにもぐりこむと同時に三〇〇匹ぐらいの蚊が入り込んでくる。テントにすっかり体を入れて網のファスナーを閉めるともう蚊は入ってこないわけだが、でもぼくと一緒に入り込んできた三〇〇匹ぐらいの蚊は、ぼくとともにそのテントの中にとらわれてしまったことになる。

したがって安息を得るためには侵入した蚊をそっくり叩き殺すことだった。とらわれた蚊はあまりにも濃密なので、あちこちところ構わず空中で手を叩くと必ず何匹も叩きつぶしている。そういうことをとにかくしばらく続けているとやがて数が減り、叩きつぶす相手を狙って対抗することができるようになる。テントの下のシートの上に死んだ蚊を集めると蚊の黒い山ができるほどだ。その蚊の山の中にはまだ完全には死なずピクピクしている奴がけっこういる。そういうのを再び確実に殺し、テントの隅に集める。掃除機か何かあったらどんなに効率がいいだろう、と思ったものだ。

最初の一日でどのくらい刺されたか見当もつかなかったが、朝がた顔や首が厚ぼったく腫れているのがわかった。手で顔を触ると皮膚がデコボコしている。一度刺したところをまた二度三度と刺されている感じで目がよくあかなかった。二日目は抗体ができたらしくそれほどまでには腫れなかった。

こういうキャンプできついのは食事のときだった。イヌイットはバノックと呼ぶ無醗酵菌パンをキャンプ食にしている。それから簡単に釣れる一メートル！ぐらいの北極イワナだ。パンを鍋に入れ、バン粥をつくりそこにイワナの生肉を入れて食う。それを入れた器めがけて蚊のやつらがワンワン押し寄せてくる。そして焦るあまりかなりの数が粥の中に落ちる。そうなると飛び立てないから表面でピクピクしている。常に二〇匹ぐらいがピクピクしているのだ。それらをいちいち指でつまんで取り除いている余裕はもうない。取り除こうとする指や手、無防備の顔一面がまた刺される。

しかたないので「これは北極のフリカケだあ」と思うことにして蚊ごと食った。キャンプから帰るまで随分たくさんの蚊を食った。でもそれでわかったことがある。人間は蚊を何百匹食おうが体はなんともないが、場合によっては一匹の蚊に人間が刺されるとマラリアなどの病気になる、という貴重な人体実験だった。

タクラマカン砂漠を日中共同楼蘭探検隊で行ったときもそれと同じテントを持っていった。本体は軍が使うような厚手の重く大きいテントに一〇人ずつ寝ていた。砂漠で怖いのは砂嵐。カラプランといわれているものだ。規模が大きいと吹き飛ばされ、真っ暗な砂嵐の中で帰るテントが見つからずあと一〇メートル、というようなところで力尽きて死んでしまった人の話を聞いた。つまり砂漠で一番嫌なのはこまかすぎる砂だ。

ぼくの一人用テントは密閉できるからありがたかったが、ちょっと長いペグ（テントなどを大地にとめる土クギ）でも砂漠には利き目はなかった。そこで大きな一〇人用テントの風下にもっていき、ロープでぼくのテントとデカテントを厳重につないだ。コバンザメ作戦だ。

＊筆者注……この章の冒頭に沢野君がモンゴルのゲルの絵を描いているがあれは間違いで、ゲルの真下には牛糞を燃やすストーブが必ずあり、ぜったいチャブ台などありません。人々がめしを食うのに使う食器は地面に置きます。

III

「なめんなよ！」とカニさんが言っている

1 泥蟹をほぐしながら

早朝覚醒

このところ困った癖がついてしまった。たとえば夜一〇時ぐらいにベッドにもぐりこむとする。赤ん坊じゃないからめったにそのままスヤスヤ寝てしまう、なんてことはない。酔ってやっとベッドにへたりこむ、という場合はすぐに寝入るが、絶対に「すやすや」寝たりはしない。酔って寝るときなどはまともなじいさんなら絶対「ンガーンガー」だ。そこらの地響きなども遠慮して逃げていくような轟音（ごうおん）いびきを発するものなのだ。

このおれがそうだ。と言ってもなにもえばっているわけではない。

このところ困った癖がついてしまった、と冒頭書いたのは「すやすや」にしても「ンガーンガー」にしても一時間ぐらいすると起きてしまうーのである。

早朝覚醒、というまあこれもレッキとしたヤマイであるが、とにかく一時間の睡眠では短かすぎる。一〇時に寝たとしたら一一時に起きてしまうわけだ。これではまだ早朝まで至らぬその日の今夜、ということになる。

酔って寝入れば喉が渇いて起きる、ということが多いが、若い頃は水など飲んで喉の渇きを癒せばすぐに眠りの続きに再突入できた。しかし最近それができなくなってしまったのだ。

だからそのまま起きてしまう。簡単にいえばもう寝られなくなっているからだ。眠るには体力がいる、ということが最近わかってきた。これが近頃の悩みだ。寝られなかったら起きていればいいいじゃないか。

と、ド・シロウトはすぐに言う。ばかやろう。そんなコトは言われなくてもわかっているわい。

三〇〇年ぐらい前からわかっている。いや、まだそんなに長く生きているわけじゃないんじゃがのう。

起きてもやることがない。

むかしは（若い頃は）本など読んでいればよかった。いまでも枕元には読みさしの本がかならず数冊置いてある。しかし本を読む、ということはそれなりにエネルギーがいるのだ。本を読むエネルギーはけっこう大きい。といってもローソク二本ぶんぐらいの体内燃焼、明かりの確保ぐらいでいいのだが。

でもそれがうまくいかないのだ。

メダマは起きていても体全体のメカニズムが日昼、息して動いているだけでそうとう摩耗疲弊しているから目から入った本の活字の意味が行き場を失っている。たぶん頭の細胞にいかないでそのまま喉にいってウップなどとむせかえったりしている。

方向を失って腎臓あたりに強引に押し入っていくわけにもいかず、さらにルートを間違えて肺から胃にいくとやがてウップはゲップとなってそのまんま何割か脱出していくが、残った大多数の残党はどこへ出ていくか指揮系統がめちゃくちゃなので、どうしたらいいかわからなくなっている。焦った肺が小腸あたりに「なんとかしろ」などと圧力をかける。下流社会の小腸などはもともとバカである。本を読んだことがないのだ。

なんだこりゃ。

そういって無思慮のまま自動的に順おくりにさらに下方流路へ、つまり大腸、直腸方向にそれらが送られ結果的に不良消化物として排出される。当然、不良品だから状態はよくない。

搬出滑過音（つまりおなら）を伴って不良消化物の末路としての下痢をしたくなっている。やつらはみんなして「いくぜ！」などと叫んでいる。なにがどこに「いくぜ！」なのかおれにはわからない。

おれが言いたいことはただひとつ、そんな理不尽な寝覚めをむかえているこの人生は嫌だ、ということなのだ。

話の流れのままこのような展開になってしまったが、ところでおれはここで何を言いたかったのだろう。

そうだ。ただの早朝覚醒の話なのだった。大腸カタルのような下痢の話など脳裏の隅にもなかった。ところで脳裏の隅といったらそうとう込み入ったところになりそうでっせ。なにしろ脳の裏だ。しかもその隅。あたりは暗くどんなのが潜んでいるのかわからない。ISなんかもいそうだ。そういうことにこだわっているとまたもや語りたいことの本来を失っていく。そうだった。

正常のヒトなら静かに寝ている時間なのになんで自分だけ起きているのか。そういうコトに腹をたてていたのである。

カニ

だからその日おれはいつものように寝不足だった。

かすかにカニの夢をみていた記憶がある。

おれはカニと一緒に肩を組んで歩いていた。カニの大きさはよくわからなかった。おれと一緒に肩を組んで歩くならカニの背は一八〇センチは必要だ。しかし肩を組むっていったってたいへんだ。カニの足が邪魔だ。身長一八〇センチのカニというと足もそうとう長いだろう。そもそもカニの肩はどこにあるのだ。

迷惑といったら進んでいく方向をどうするか、という問題がある。おれは若い頃、酔って友人とたびたび肩を組んで歩いたことがあるが、たいてい前に進んでいった。時々どっちかへベレケ度の強いほうが横にズレるが足元が乱れているだけで気持ちとしてはおれたちは一緒に前方に進んでいこうとしていたのだ。

しかし、カニとではそうはいかない。彼は生まれついて横方向にいくように体がつくられ、意識もそのようになっている。

おれは人間だから前のほうに進みたいのだが、カニはそれができない。横方向にしか進めないのだ。しかも足が沢山あるから力まかせにやられるとこっちも横に行くように妥協しなければならない。

しかしカニはかなりおれに友好的だった。ずいぶん前からの知り合いという印象がある。どこかでの同級生、というかんじだった。すると何時の世代だかにおれはカニ学校に通っていたことになる。

学友だったカニたちは記憶のなかでもっと小さかった。横幅一〇センチもなかった。カニの横幅は足のほうだろう。そうすると縦幅はもっと小さく三〜四センチぐらいになる。服をつくるとしたら着丈は甲羅を覆うぐらいでいい筈だ。手足までカバーするとなると左右一〇本のフクロ状の足姿をつくらなければならない。

いや違った。カニの足を全部袋で覆ってはいけない。一番前にあるのは手なのだった。

食物をつまんで口にもってくる大事な食餌処理器官だ。

カニがモノを食っているところを見たことがある。学友だから当然だ。器用なことにヤツは両方のハサミを交互につかって餌を食べていた。順番を間違わずにハサミを交互に動かして口に運ぶ。おれたちにできるだろうか。おれたちは片手でモノを食う。つかう箸は一膳だ。

箸をなぜ一膳と数えるのか?という問題はつい最近わかった。むかしの正しい食事はそれぞれの人の前に配膳がある。そこに料理とそれを食う箸がある。ひとつの配膳に一人用の箸。だから「一膳」というわけだ。カニにそういうことを話してもたいして有機的な言葉が返ってくるわけではなかったが。

ナイフとフォーク

ハナシはいきなり横にとぶが、先日おれは、よく考えたらいわゆる欧米の人々が食べている本当の西洋料理を欧米の本場で一度も食べたことがない、ということに気がついた。

記憶の断片では、つまり「脳裏の隅」ではどこかで食べたような気がしていたが、欧米のちゃんとしたレストランなどに入っても前菜とスープ。そうしてメインのナニカを食べている程度で、ワインばかり飲んでいた記憶しかない。それでも日本の会席料理のように店のボーイとかウェイトレスが何品もいろんな料理を持ってきて、それを食べている記憶がちゃんとある。どこで食べたのかずーっと我が人生をたどってよーく思いだしてみたら場所は日本であり、結婚式の披露宴の場であった。本格的な西洋料理を日本でしか食べていないのである。コレ……なにかおかしい気がする。

そうしてあれが果たして本格的な西洋料理であるのかどうか、西洋で本格的な（フルコース）ものを食べたことがないのだから、どこまで本格的なのか実際はわかっていないのだ。西洋料理は仕掛けがだいたい大袈裟（おおげさ）である。中央の皿の左右にならべた大小様々なナイフやフォークがクセモノなんだね。

いままで「箸いちぜん」でやってきた我々はいきなりあんなふうに沢山の食器を並べられるとそれだけで逆上してしまう。だされてくるどの料理をどの食器で食べたらいいのか日頃の訓練がないからいきなり焦ることになる。まわりのヒトが手にした食器を見て、ああこの料理はコレで食うのか、などとひそかに様子を見て間違えないように……などと慎重に考えていると、そのヒトもこっちの使う食器の様子をじっと窺っていたりする。だいたい西洋料理というのはしつらえが大仰すぎるのだ。フォークとナイフだけでそれぞれ大きさも形も違うのが一人のために五、六本並んでいたりする。左右だけでは場所がないのか皿の上のほうにもさらにナイフやスプーンなどが並べられていたりする。まるでカニさんのための正式料理みたいなあつらえだが、かしこいカニは両方の小さなハサミ式の手先二本だけで食っている。こんなのを並べられるとふいに急用を思いだしたフリをして席をたち、そのままタクシーに乗って新橋駅なんかのほうに行ってしまいたくなる。

トロワグロ兄弟

用意されているメニューがそもそも不可解なのだ。たとえばある有名ホテルのメニュー。

「パリジャンに見立ててポワローとじゃがいものフォンダンをチキン風味のジュレの上に。鰹節(かつおぶし)クリームにキャビアを添えて」

これが前菜で七八〇〇円なのだが何をどうやってどんなのが出てくるのか野暮なおれなどにはまるでわからない。メインディッシュは、

「緑茶と昆布でマッサージされた沖縄アグー豚のロース肉。レ・ポード・プロバンスのオリーブオイルを香らせたインカのめざめのピューレ」というのがメインディッシュで同じく七八〇〇円。

豚に緑茶と昆布でマッサージするっていったいどうやるんだろう。マッサージしてもらっているアグー豚にも感想を聞いてみたい。そうか。沖縄のアグー豚はインカでめざめたのか。

「オーセンティックなサーモンのオゼイユ風味。ジャンとピエール・トロワグロ兄弟のレシピ」

などと言われてもわしらジャンとピエールのトロワグロ兄弟をまるで知らんもんね。だいたいオゼイユ風味ってなんなのよ。

要するにあまり〝本格〟になってしまうと多くの日本人はよほどの通でないと高い金を払って何をどうしたのかさえわからずに食う、ということになりかねない。

こういうのをベルサイユ宮殿の晩餐会などに招かれ、全員正装して、きちんとした最初の挨拶があって、チーフコックによるその日の料理の説明があって、などという席だったら緊張して味もなにもわからない、などというさらに困ったコトになるんだろうなあ。

だから日本のチェーン化された結婚式場の経営しているハリボテフレンチレストランぐらいでわかりやすい西洋料理を食っていればいいのかもしれない。メニューだけはご大層にいろんなことが書いてあっても、コレ食っても眺めても中華料理じゃないの、などと思うフランス料理のフルコースぐらいが無難な気がする。以前、なにかの媒体で結婚式場の相談センターのようなところの所長をしている人に取材したとき、披露宴などの料理を決めるのは圧倒的に花嫁さん側の方ですね、と力強く言っているのを聞いたことがある。

普段コンビニ弁当を主に食っている若い娘にどれほど異国料理の味がわかるのか。

「おれたちの結婚式なんだからおれは断じてカツ煮定食を主張したい。ポリシーは見えないところに贅をこらす。コメはもちろん魚沼のコシヒカリだし、ポークは沖縄の黒毛アグー豚。鮑とコンブでマッサージしたナンクルナイサー仕立て。目立たない味噌汁の具なんぞの出汁は小粋に伊勢海老で、オシンコは愛知の水茄子できめたいんだな、おれは！」

などと主張する骨のある花婿は皆無らしい。まあ当たり前か。

爪と牙

西洋料理にこだわるが、あのごたいそうな食器に惑わされてはいけない。あのナイフとフォークを使った食い方は猛獣のそれからさして発達していないきわめて野蛮な食い方なのだ。

簡単にいうと、たとえばフォークは猛獣が獲物を捕まえ、逃げられないよう押さえつけるための「爪」の代用である。ナイフは押さえつけた獲物を切り裂く歯。そう考えると食器としてはいかにも荒っぽく単純で強引かつ攻撃的である。野蛮でもある。それにくらべたら箸の優雅さときたらどうだ。

箸は決して強引ではない。逃げる食物！を追いかけていってグサリとその背中を突き刺す、というようなことはしない。いやできない。箸は相手が観念し、捕食されることを理解した食物がじっとしていないとなかなか効果的に使うことはできない。たとえば重箱の隅のカマボコとかだ。箸は食うほうも食われるほうも深く理解しあい、互いをいつくしみあうために使われる愛の食餌道具なのだ。

そのへんを理解しないといけない。

「箸」という文字をよく見つめ、そして考えよう。なぜ竹冠なのか。まっすぐで上下からの力に強い「竹」が最初に使われたからだ、という説は容易である。

『箸はすごい』（エドワード・ワン／仙名紀(せんなおさむ)訳＝柏書房）には「古代中国の箸の材料は竹と木であることは明白で、文字としては①箸、②筋、③挟、④筴が使われていた」とある。箸は掴(つか)み、割り、鋏(はさ)み、突き、引き裂き、まぜ、つまみあげる、という多様な行為が可能だ。

万能な食餌道具といっていい。これに対してナイフとフォークの機能としての貧弱さはどうだ。

たとえばここに皿の上に乗った「一粒のごはん」を考えよう。これを摘め、といわれたときに箸ならさほど難しい問題ではないがフォークとナイフで摘まみあげるのは大変だろう。不器用な奴は一年間やっていてもできない、といってサジをじゃなかったナイフ、フォークを放り投げるに違いない。けれどここに「指で摘んだら箸よりはるかに早い」という、折角の箸文化の夢を挫く打算的な意見を言う奴が出てくる。

しかし、そうなのだ。確かに「箸はすごい」が、それよりも前からあってもっとすごいのが手食であった。世界中の民族が最初におこなっていた「もののたべかた」の基本は「指」であり「手」だった。その次に登場するのは「匙（さじ）」である。ただひとつ手指でできないこと、手指食の弱みは液体を口まで持ってくることだったからだ。

「匙文化」は世界で共通に発達した。

人間がその成長段階で最初に使用する食器は「匙」であったろう。この食器の前には「西洋」も「東洋」もない。「老」も「幼」もない。匙はさまざまな匙文化を平等に育ててきた。

これは「食い方」にも関係してくる。現在世界各国の食文化の作法のなかでは食器をもちあげて食べない、というのを作法として踏襲している国がかなりある。中国、韓国、そして西洋人の食い方も基本は皿や器を食卓からもちあげない。

食物を手で団子にしてそのまま食う、という食べ方をする国もかなり多い。チベットなどでは主食のツアンパ（チンコーハダカ大麦粉）を手で掴んで食べる。粉なので食べにくいからしばしばヤク（高度順応した大型の牛）から絞った乳をまぜ、ツアンパ団子にして食べたりしている。

西洋の古代のモノの食い方は食器と関係していた。中世の頃の食堂の食卓は板であった。板に穴が空いており、人々はその板のまわりに座った。王侯、貴族などはしばしば寝ながら食べていたという。やがて調理人ができたての食物を大きな鍋にいれて持ってきてその板の上に置く。その鍋から直接手指で食物をとり、自分の前にあいている穴に入れる。まだ熱いできたての料理だが、その時代は熱さをものとせず、いかに早く沢山(たくさん)の料理を自分の前の穴（皿のはじまり）に移してくるか、という行為に没頭した。グルメ＝グルマン（大食い）という言葉はこの頃出てきたというが、テーブルを囲むライバルよりも少しでも多くの料理を掴みとるために、家で熱湯の中に手を入れて耐熱訓練している奴がけっこういた、というくらいみんな〝本気〟だったのだ。『食悦奇譚(しょくえつきたん)』（塚田孝雄＝時事通信社）

ナイフやフォークがまだ登場する前の頃の話である。ナイフやフォークのかわりは手指でできるが匙のかわりはなかった。食器の道具で最初にできたのは西洋でも「匙」だったのにちがいない。

匙は、現代でもテーブルの上に置いた皿からすくい取る、というための道具として存在している。しかし食餌行為の歴史の差がからんでいるのだろうと思うのだが、世界の多くの民族は皿などにいれた液体食物のウツワをもちあげてススル、という行為をその歴史の過程で果せなかった。

洗面器ごはん

若い頃、世界のいろいろな国を旅しているときに、主に途上国で手づかみでそのまま食べている、という光景をよく見た。東南アジアなどでは俗に「洗面器ごはん」と呼ばれる食べ方をしている人々を沢山見てきた。

ごはんを洗面器のような大きいウツワに入れ、主に魚の煮汁などをかける。家族がそのまわりに集まり、みんな手指でそれを食べる。

若い頃はそれを見て「貧しいんだなあ」と単純に思うだけで通過していたが、歳をへてきた今、そういう光景をみるとかえって羨ましい、と思うようになった。

「ひとつ釜」ではないけれど、まあ「ひとつ洗面器」の中の食べ物を、家族でワイワイいいながら食べている。洗面器の中の食物はたしかに貧しそうだが、食事の風景としてはなかなかに魅力的だ。何を話しているのか内容まではわからないが、家族のそれぞれの笑い顔から楽しい話をしているらしいとわかる。文明国、先進国という我々の家庭から消えてしまった人間同士の喜びの食事風景がそこにあった。

みんな手食だから、食べおわったら水で洗えばそれで済んでしまう。箸やナイフなどを洗う必要もない。近頃の口あたり、耳ざわりのよさでなにかというと言われる「地球にやさしい」がそこにあるなあ。そうして「地球にやさしい」と口でいってさわいでる私達は一日に数万トンという食餌用具廃棄物を地球に放出している。何度も使う（鉄器などの）食器は洗剤をつかってその廃液をやはり地球に流している。そういう上っ面だけの環境問題をいつも耳にして生きてきた自分やその生きている環境が恥ずかしい、と思った。同じ風景ながらそれを見る価値観の変化が長年にわたるぼくの旅のひとつの成果だったのかなあ、と思った。

ある統計によるとナイフ・フォーク文化と箸文化、そして手食文化はほぼ三分割しているらしい。手食の文化を貫いている国はあんがい多いのである。たとえばインド一二億人の殆どが手食である。数年前にラオスからベトナムまでインドシナ半島を縦断してきたが、いくつかの国境をこえてもそこはやはり手食だった。

アマゾンも手食が多かった。魚介類を食べることが多いので骨の処理など手のほうが楽なのだろう。河口のなかにマラジョー島という島がある。位置的に川中島と言われているが九州より大きいのである。そういうものを川中島と言うのだろうか、としばし考えながら島に渡ったが、ちょうどカラゲージョと呼ぶマングローブに繁殖するカニ漁の時期で、みんな大勢でカニとりに熱中していた。

地面の五〇センチぐらい下に沢山棲息していて、菱型のガザミ＝ワタリガニによく似た恰好をしている。食べでがあり、茹でたてなどことさらうまい。みんな両手をつかってむさぼり食っていた。ぼくも一〇匹ぐらい貰って食べた。カニは手で食うのが一番効率的であり、すみずみまで食えるから最高にうまい。

この小文のはじめのほうで酔ってカニと肩を組んで歩いた夢の話を書いたが、人間は両手を器用につかってカニの隅々まで食べてしまうので食われたカニだってそれなりに満足している筈である（たぶん）。

カニだのエビだのを食うのにナイフやフォーク、そして匙も箸も無力である。ぼくに一〇匹ものカニをくれたおじさんはカニの沢山の足を指さしてしきりに何か言った。通訳にきくと「この足の一本一本をススレ。そこがうまい」と言ったのだと教えてくれた。

ススル

そうか。ブラジル人はススルことができるんだ。とそのときは驚いた。むかしから沢山の日本人移民が渡っているからススル文化が伝播したのかもしれない。

欧米人の肉体機能の弱みはススルことがうまくできない、ということである。あの人たちはラーメンもうどんもうまくススルことができず日本にやってきて噂のうまいラーメンを食おうとするがそこで往生する。

ラーメンやうどんだけじゃなくて洟（はな）をススルことも不得手である。そうして自分の周辺で風邪病みや花粉症のヒトが洟をススル音に異様な嫌悪感をもっている。いったん体外からでそうになった不要物の権化みたいな洟をススッてまた体内に戻してしまうことに耐えられないらしいのだ。欧米人は日本人を含めてアジアの人々の性癖のなかで洟をススル行為がもっとも嫌だという人が多い。

しかし思うのだが彼らはしばしばポケットから出したハンカチなどで洟をかんでいるのを目撃している。そうして折り畳んでまたポケットに戻しているが、アレのほうがよほど気になる。しばらくして汗など拭くときに、さっきつかったハンカチをひっぱりだし、自分の洟がまだぬるついて残っているところで顔を拭いてしまったりしたらどうするんだ。余計な心配だ。と彼らはいうかもしれないが、こういうコトが文化の位相反転というのかもしれない。

昨秋、ひさしぶりにニューヨークに行った。学生の頃にニーヨークに渡り、そのままアメリカ国籍となった娘がいるので、そこはなにかと便利な街になっているのだ。ハドソン川の近くのブルックリンで会った。いまそのあたりは日本のラーメンブームで一〇店近い店が繁盛しており、行列のできるラーメン屋もあると聞いたので、そういう店をみつけておいておくれ、いま父ちゃんは文化の位相問題にとりくんでいるのだ、とあらかじめ重々しく言っておいたのだ。

娘はニューヨークで弁護士をしているのだが忙しいなかを縫って三店ほど案内してくれた。時間的にまだ早かったのか行列こそできてはいなかったが満席の店が多かった。日本人の観光客で混んでいるのかなと思ったが、そういうことではなく店にいる客に日本人はいなかった。厨房のほうにも日本人らしき顔つきの料理人はいない。

空いている席に座ってメニューを開いたが、そこでヘンテコなものを見た。「ラ一メン」とか「チャ一シュ一メン」「カレ一メン」などという文字が並んでいた。しばし考えこんだがすぐに大体の見当はついた。この店の開店や運営に日本人はかかわっていなかったのだろう。

彼らはインターネットで日本のラーメン屋のメニューをさがし横書きカタカナ表記のそれを縦になおしたとき「ー」に困惑したのだ。英語には横の音引き表記がない。「ラーメン」や「カレー」の「一」文字だけが文字のシーラカンスのように残ってしまったのではないだろうか。

ミャンマーでも似たような体験をしたことがある。ミャンマーのそれは「?」が活躍していた。「ラ?・メン」「チャ?シュ?・メン」という具合である。これもミャンマー語に音引きの表記がなく、メニューに印刷するとき「ー」を誰かが「?」と、本でいえば校正を入れたりしたのだが、メニューに書いた人が「ー」は「?」なのかと思い「?」がそっくり残ってしまったというわけなのだろう。

ついでながらニューヨークのラーメンは二〇ドルから三〇ドルと高かった。チップをいれると四〇〇〇円近いラーメンということになる。しかしチャーシューがやたら厚くて殆どステーキ感覚だった。そうして客らはススルのが下手だからそれぞれの客の滞在時間が長く、いきおい待ち人の行列ができてしまう、ということのようだった。

だからまあ我々がパリのジャンとピエールのトロワグロ兄弟を知らないようにニューヨーカーが「ラーメンのただしいススリかたを知らない」のも理解してあげなければいけないのだろう。

② それでも地球はまわってる

世界お正月くらべ

むかしは、というより若い頃は、とくに青少年の頃は、新年というと特別な気持ちになり「今年こそは」などと思ったものだ。

なにが今年こそなのかその年によっていろいろ変わるが、まあそれなりにいずまいを正し、新しい年を正しく迎えていたのだろう。

でも、人生長くやってるとこのごろは「どうでもいいやあ」という気持ちになる。

新年とか正月というのが面倒くさくなる。昨日と今日とつながっているし、あまり変わりはないからなあ、と基本はしらけている。ヒトに会うたびに「おめでとうございます」と言わねばならないしなあ。一月のいつごろまで「おめでとうございます」と言うべきなのだろうか。基準がないから判断に困る。「一月一二日まで」などと法令かなにかで決めてくれないだろうか。

思えばいろんな国の大晦日と新年を見てきた。カウントダウンで新しい年になると外に出ていってそこらの見知らぬ人同士が抱き合い喜びあうという風習の国は気持ちがいい。南米各国に多い。南半球は「夏」だからとりわけ外に出ていきたくなるのだろうなと解釈した。そのあとみんな行列をつくってゾロゾロ教会に行って祈り、歌をうたう。ギターの演奏でスペイン語やポルトガル語などの合唱を聞いていると「ああ、自分はいま異国に来ているんだなあ」などということをしみじみ感じる。故郷の家族は元気に新年を迎えた（あるいは迎える）だろうか、などという思いにひたる。センチメンタルジャーニーだ。

チベットは大晦日に藁に火をつけて「トンシャマー」（でていけー!）と言いながら家中それをかざして走り回り、その火で何かを追うように外に出ていって一定の場所にその火をなげ捨てる。家のなかに一年間住み着いていた悪鬼をゴミ捨て場で燃やすのだ。ゴミ収集車はこないから完全に燃やしつくす。

信じられないだろうが、チベットの一般の家にはストーブなどの暖房はない。人々は寒い日は家の中でもオーバーコートなど着て生活している。高度四〇〇〇メートル以上のところに住んでいるのだが、雲の上だから基本的に「太陽の国」であり毎日よく晴れる。雲が頭の上にあるということはあまりない。それと毎年チベット暦は占いのような儀式で変わるので、新年が一月一日とはかぎらない。二月が新年、という年もある。

お正月は「おみくじすいとん」みたいなのを食べる。あらかじめうどん粉玉の中にイトとか炭のカケラとか小さな布きれなどを入れておいて入っていたモノによって一年の運勢が決まる、というもので大人たちがワアワア言っての大騒ぎになる。けっこう無邪気だ。

モンゴルではウランバートルなどの街では大晦日からみんないろんなところに集まり酒を飲んでそれを天地にふるまう。つまり杯からはじきとばす。天地と一緒に祝う、というのがいかにもモンゴルらしくてこれもなかなかよかった。

草原の遊牧民はゲルでやはり酒を飲みあう。隣近所の遊牧民が集まって祝うことも多い。隣近所といっても馬で三時間ぐらい離れていたりする。ハシゴ酒をする強者(つわもの)もいるが馬での移動は酔っぱらい(運転?)にならないから問題ないけれど、モンゴル人は酵素の関係で酒に弱いから、馬から落ちてそのまま寝て凍死してしまう、ということもむかしはよくあったらしい。残された家族は困るけれど本人はシアワセな昇天かもしれない。

正月は一族が祖父、祖母のゲルに集まり、酒や料理がふるまわれ、数人が祝いの言葉を述べる。それから一族のなかで一番小さい子から順番に祖父、祖母に「お年玉」をわたす。孫が多いとお年玉を持った孫の列が長くなる。見ていて感動した。日本と逆ではないか。一族を支えてきた長老をそうして敬う、というほうが本当なんだな、と思った。日本みたいに年金暮らしのじいちゃん、ばあちゃんが一〜二歳のなにもわからない赤ちゃんにつまらない見栄(みえ)で一万円のお年玉をあげる、なんていうのがいかにナンセンスかだ。

ベトナムは大晦日からバクチクだらけで、なんだか街中が硝煙に包まれたみたいになっていた。子供たちがみんな張り切っているのが特徴的で、子供だけの獅子舞はベトナム風の「かどつけ」だ。あちこちで御馳走(ごちそう)を食べ、貧しい人たちが集まっている河川敷の長屋などでは朝からバクチに熱中しているところが多い。バクチクにバクチだ。近所のかあちゃんたちが一〇人ぐらいひとつの家に集まって立て膝ついてえらい剣幕でハナフダのようなものをやっていてまことにすごい迫力だった。

まだソ連といわれた頃のことだがロシアの正月も体験した。イルクーツクという奇麗な街でシベリアのパリといわれているところだった。ここでの新年の大イベントは街の大きなレストランで行われる。

よくわからない国で、ホテルのレストランはなぜか休みになって街に簡単に食える食堂というものがないので、旅人はそういう大レストランに行かねばならない。しかしなかなか予約がとれず往生した。

大レストランにはたいてい舞台があってそこではとてつもないデカボリュームのロック演奏をしている。この音がとにかくすさまじく隣の席の人がこっちの耳に口をつけてなにか叫んでも聞こえないくらいだ。ロシア人はバカだと思いましたね。そのうち太った上に着膨れたロシアのおばさんおじさんがワサワサとダンスを踊る。シロクマさんクロクマさんのダンスだ。暗いからわからないけれど中はくまなく埃(ほこり)だらけだったろう。そこで冷えてまずいチキンカツレツなどを食うのだ。

アメリカが一番おとなしいような気がする。一一月第四木曜日のサンクスギビング（感謝祭）に、たいてい家のパパが七面鳥料理をつくり飲んで食って家族全員で祝う。翌日がブラックフライデーと呼ばれる一斉買い物のはじまりだ。商店が安売りするので開店前に行列ができたりする。

一一月末にいろんな大きさ、形をしたモミの木が山から切り下ろされてきて売り出される。家族で行って気にいったのを買うと業者がクルマの屋根にそれを安全にくくりつけてくれる。

クリスマスまでは買い物の日々で、クリスマスプレゼントが用意される。クリスマスイブというものはない。あれは日本の商売上手がつくりだした日本人だけのバカ騒ぎだ。欧米のクリスマスは二五日だけ。それも自宅で静かに家族で祈り、祝う。だから正月というのはない。その日だけ休日になるが二日目から通常社会になる。

さて今はもう一月のはじまり。あっという間に今年も終わりますぞ。

ゾンビネコ

最近の世の中のニュースは不愉快なことばかりなので、あまり真剣に読まないようにしている。その日が面白くなくなってしまうからだ。

新聞は大きなニュースよりも「豆ニュース」というか、ちょっとした囲みの「あれま！」という話が面白い。

二月一日は偶然両方とも『毎日新聞』だったのだが、ネコに関する「あれま！」および「ひぇえ！」というふたつの小さな囲み記事があった。

ひとつは「奇跡のネコ？　飼い主に戻る」という見出しで、ネコ好きの人は見逃さなかった筈(はず)だ。

アメリカのフロリダ州の出来事なのだが、一歳半の雄ネコがクルマに礫(ひ)かれて死亡し、埋葬された。ところが埋葬して五日目に飼い主のところに戻ってきた、というのだ。事故で骨折して汚れたままだったがとにかく生き返って戻ってきた。飼い主は事故のあと「冷たく固まって動かず、完全に死んでいた」と証言しているが、手術して骨折部分の治療がなされ、片一方の眼球が摘出されたが、とにかく元気だという。

当然いろんな人がいろんな感想を述べただろう。「ゾンビネコ」などと一番いわれそうだが、こういう出来事があるとアメリカの土葬習慣が改めて見直されそうだ。

以前、本を書くために世界の埋葬習慣についていろいろ調べたが、キリスト教圏はイエスキリストが復活、降臨したときにキリスト教信者もまた蘇(よみがえ)る、と信じられているから「火葬」を嫌う。焼かれて骨になって肉体を失ったら人間として復活できないではないか、という理由だ。

そのあたりの本を何冊か読んで漸(よう)やく「ゾンビ」について理解した。日本には「ゾンビ怪談」があまりないのは火葬が一般的だからだろう。何か出てくるとしても火葬で体も骨も粉々になってしまっているのだから形の復元は難しい。いきおい「霊的」なもので出てくるしかない。

しかし土葬がまだ主流として残っているキリスト教圏では、土の中からまだ半分ぐらいヒトの形をしている半腐れ死者がはい出てくる、というまあ主にB級映画がけっこうある。

顔や体の表皮だか臓物だかがあらかた腐っているのでそういうものを生乾きの塗り壁のようにボロボロこぼしながらたいていなにか唸(うな)りながら生きている人を襲ってくる。唸っていてはっきり言葉として聞こえないのは顔や口なども半ば腐っているので発音できないからだろう。歯の丈夫な人がカチカチ語でなにか言うだけだ。

ああいうゾンビ攻撃を見てもちっとも恐ろしく感じないのは埋葬習慣の違い、というしかないような気がする。

アメリカにはいったん完全に死んだと確認されても死者がなにかの拍子で生き返るかもしれないからと、棺桶(かんおけ)の中から何か合図できる装置（紐(ひも)のようなものを引っ張ると地上でカネが鳴るとか）をとりつけてある棺桶も売られている、という話も読んだ。真夜中に墓場の近くを歩いていたらいきなりカンカンカンなどというカネの音が聞こえてきたら怖いでしょうなあ。親族は嬉(うれ)しいだろうけれど。

また地中に埋葬した棺桶の顔のあたりに地上まで延びた「のぞき穴」のようなものがあって地上からときどき死者の様子を観察できる、というなんだか悪趣味っぽいものもあるそうだ。

このフロリダの奇跡のネコ話は、そういう意味で人間の埋葬にもなんらかの影響をおよぼすかもしれない。それと同時にこれまでの世界の長い「人の死の歴史」には、埋葬されて棺桶のなかで生き返ったが、なにも助けをもとめる手だてもなくやがてやっぱり死んでいく、というとんでもなく無念な体験をした人が、実際に何人かいる可能性がある。

ミステリー映画だったが、仲間の手助けを得て、ある種の特殊薬品をつかっていったん確実に死んだようにみせかけて埋葬されるが、その日の夜中に仲間が掘り返してくれる、というトリックを企てる、というストーリーがあった。その話のオチは、なかなか掘り返しに来てくれないので棺桶の偽死者が持っていたライターで棺桶を調べると、自分の隣にその掘り起こしにきてくれる筈の共犯者の死体がある、というなかなかコワイ話だった。

もう一本もタイトルは忘れたが、気がつくとその人は棺桶の中に横たわっている。なにがなんだかわからないがポケットに携帯電話があることに気がつき、それで仲間に連絡する。真夜中らしくなかなか電話に出る人がいない。やっと警察（救急車だったたか）に連絡することを思いつき、生きている人間と通信できたが、自分がどこのどのへんに埋められているのかわからないので説明できない。まだＧＰＳ装置のない頃の携帯電話なのだ。結局そのわけのわからない不幸に陥った男は死んでいくしかないのだ。けっこう最後まで見せる映画だったが、俳優は一人、撮影場所は棺桶の中だけ、ということを考えるとずいぶん安上がりにできた映画だったなあ、ということのほうに感心し、カタルシスゼロというのも気にならなかった。

ネコ話のもうひとつ。やはり同じ日の『毎日新聞』の別ページの小さなコラムに「食用ネコ? 数千匹保護」という見出し! でこれはベトナムのハノイの話。

中国から密輸された生きたネコを満載した三トントラックが摘発された。生きたネコの数ざっと数千匹。ベトナムでは、密輸品は廃棄処分というきまりだが数千匹のネコとなるとどうしていいかわからない状態になっているという。

ベトナムではねずみを減らすためにネコを食べるのは禁じられているが、ハノイだけでも十数軒の食堂が「小さなトラ」などと称して客に提供しているという。

話は変わるが、パラグアイのパラナ川の中流域は巨大な浮き草が、もう島と呼べるくらいの規模でたくさん集中しているところがあり、その浮き草島にはネコぐらいあるネズミが一万匹ではきかないぐらい棲息(せいそく)しており、犬を使ってその巨大ネズミを捕獲して暮らしている人々がいる。これはぼくが実際に取材していてネコもしくは子犬クラスのネズミを銃で撃ち取った男の写真を撮った。

おまけにその日の昼に捕り立てネズミのこんがり焼きとソティを逃げ場なく食べさせてもらった。スパイスが効きすぎて、デカネズミの本当の味というのはよくわからなかったけれど、迫力はあった。聞けばそのファミリーの主食はほぼ毎日そのデカネズミということだった。

パラナ川の支流に入っていくとワニとアルマジロを主食とするグアラニー族がいて八〇センチぐらいの子ワニがいちばん食べごろと言っていた。こういう話は尽きない。

ホテル・リッツでの出来事

このごろ日本各地で出会うのは中国系の観光客グループだ。週刊誌などでも中国系の人々の観光、買物ツアーのなにやら相当エネルギッシュな状況が報道されている。

このあいだはあの日本独特の、ぼくは〝新しい和式トイレ〟と呼んでいるが、温水洗浄式のハイテクトイレが中国系の観光客にバカ売れしている、という記事を読んで驚いた。

そういう動きも含めて中国はこのところもの凄いイキオイで近代化しているという情報もあわせ読んでいるが、あれだけ広く、頑固で過酷な格差社会にある中国の全体が、たとえばトイレひとつにしても電化、清潔化してきているとは思えない。

今の現象はごくごく一部の富裕層のやっていることにすぎないように思うからだ。日本とは桁の違う人口を擁する中国は、これからが圧倒的な次の格差社会に入っていくのではないかと思うからだ。

中国には「農村戸籍」と「都市戸籍」というのがあって、農村に生まれ住んだ人は、北京や上海などの都会に戸籍を動かすことはできない。農村戸籍の人は今のところ収入が低いのであまり自由に渡航できないようだ。しかし、特典があって学業優秀な子は都市戸籍をもつことができる。そういうことが中国の熾烈な受験競争の原因にもなっている。

今、日本にどっとやってきて高価なブランドものなどを沢山買っているのは、ごく限られた富裕層である。言い換えれば今日本を歩いている人々が中国人の代表ではない。経済的に恵まれたごく一部の人々でしかないのだ。

けれどこれからその「農村戸籍」の人々も自由に日本にやってくるようになるといわれている。もちろん日本以外の国にもたくさん散らばって行くのだろうが、中国文字でアメリカを「美国」と書くように中国人は本当はアメリカが大好きなのだ。でも物質的に有用な国、と考えると日本の電化製品への信用はヨソの国の比ではないようだ。

中国人のパワーはけたたましい。旅をしていると中国人グループというのがすぐわかるのは、気取った日本人には思いもつかないアクティブな行為を見せるからである。

たとえば、あるホテルのマネージャーに聞いた話だが、ホテルの朝のいわゆるブッフェスタイル（バイキングともいうやつ）にそれぞれ独自に袋をもってきて、自由に皿にとれるシステムを利用して、たとえばパンなどを根こそぎ自前の袋にいれて持っていってしまう中国客がいるのだという。なるほどなあ、と感心した。アタマいい。

今は経費の安い団体旅行が目立つけれどこれからは中国人系の小グループ、そして家族、個人旅行者が増えてくる可能性がある。銀座などの各種高級店はそういう人々が優良顧客、というからどっちがキツネでどっちがタヌキやら。

でも、こういう嵐のような旅行者はかつての「日本人」の姿でもあるのだ。

たとえばぼくが最初に行った外国はフランスなのだが、それは仕事だった。まだコトバなども満足にできない三〇代の頃に、一人でよく行ったなあ、と思うのだが、日本企業の海外進出がさかんな頃で、ぼくの仕事はそれを取材することだった。

ある商業企業のパリ進出を祝うパーティーを取材した。それはパリの超高級といわれる「ホテル・リッツ」で行われた。日本から参加したのは主に中小企業の経営者夫妻だった。五〇〇人ぐらいいたようだ。無理やり着飾った日本人のおばちゃん集団がまさに嵐のようにそのパーティーに押し寄せてくるのに圧倒されながら、ぼくは仕事なんだから、と割り切って写真撮影に集中した。

当時は報道カメラマンの勝負カメラである大判の通称スピグラと言われるものと、最大六センチ×九センチの大フレームで撮れるロールフィルム式のマミヤプレスを使って撮影した。

今の簡単なデジタルカメラのバッテリーフラッシュなどない時代だから、一回の撮影のために一回こっきりしか使えないフラッシュランプを使う、という、その時代の写真世界を知らない人にはなんのことやらわからないだろう石器時代みたいなカメラでたたかっていたのだ。

そのとき当時の人気デザイナーであるピエール・カルダンが会場にいて、日本のおばちゃんたちはその人との記念撮影をねだった。ぼくは一ロール六枚しか撮れないカメラとフラッシュライト二〇個しかない装備で無意味な写真を撮らされた。

そのあと日本のおばちゃんらがカルダンにサインをねだった。最初の一人がそのとき持っていたパスポートを出したからなのか、おばちゃんたちはみんなあの赤い表紙の日本のパスポートを空中にヒラヒラかかげてカルダンを取り囲むのだ。そうしてぼくはその光景を「ホラにいちゃん（その頃はぼくはにいちゃんだったのだ）早く撮ってよ！」と大勢に言われて仕方なく貴重なフィルムの何枚分かでその恥ずかしい光景を収めたのだった。

その後、ぼくはその小さな会社でなぜか外国のそういう仕事を担当することになり、いくつかの国に行った。大きくて重くて効率の悪いスピグラはやめてもっぱらマミヤプレスを使っていたが、どこも日本人の、とくにおばちゃんパワーはものすごかった。

アジアの商人たちは日本人の金づかいの激しさを知っていて観光地に行くとどっと群がってくる。そうして彼らはいろいろわかっていて、その国の今でいえばイケメン青年を一番前にだして「シャシン、シャシン！」と叫ぶのだ。日本人のおばちゃんはここぞとばかりそのイケメンのまわりを囲み、ぼくに「早く撮りなさい」と命令する。彼女らはぼくを従属カメラマンかなにかと間違えていたようだった。

ぼくにはあの頃の奢（おご）れる日本人と、今、日本におしかけてきている奢れる中国系観光客の姿がだぶって見える。違うのは日本人の著名人にパスポートへのサインをねだったり記念写真をねだったりしないことだろうか（詳しくは知らないが）。

この春ぼくは東京と大阪のニコンのギャラリーで写真展をやる。なんとなく最後の大きな写真展のような気もしているので、今は、これまで撮ってきた辺境地の珍しい写真をならべてみようかなどと思っているが、あの当時のカルダンに群がるホテル・リッツの日本人おばちゃん集団の風景はもしかするとそこに加われる衝撃の一枚かもしれない。ネガを探してみようかどうか、今、迷っているところだ。

中国に「茶黄色革命」はおきているのか

どっと押し寄せてきている中国の観光客が温水シャワー式の、日本独特のハイテクトイレを買いあさっている、という週刊誌の記事を読んでいろいろ考えさせられた。アレを買っていくということは中国の上水、下水の配管の途中に据えつけられるインフラができている、ということだろうけれど、どうもピンとこなかったからだ。

ぼくが最初に中国に行ったのは一九八一年のことで、まだ個人旅行では入国できず、ポツポツできていた中国各地への観光ツアーでないと許可がおりず通関できなかった。「シルクロード・敦煌(とんこう)への旅」という一〇人ぐらいのツアーに加わり二週間ほどの旅をしたのだが、それがぼくの最初で最後のツアー旅行になったような気がする。訪問場所が関係しているのだろう。僧侶が数人いた。

中国を旅するなら開放便所に慣れておかないと辛(つら)いものになる、と中国に詳しい人に聞いていた。開放便所。世界でも珍しい個室のない共同便所である。隣とのしきりもなく前にはドアもない。要するに全面的にあけっぴろげの便所である。しゃがんだときから、大便をし、終わって尻を拭くときまで一挙手一投足が全部丸見え。まあ、そんな動作をあまりジロジロ見ている人はいないし、こっちも中国人のウンコ姿など見てもしょうがないから全員でなんとはなしの見て見ぬふりで成立している。

奥地（田舎）に行くとどんどんその条件が凄くなっていくというのでぼくは長距離列車に乗る前日、上海人民公園に、初めて人々の視線の中で大便をする——練習をしに行った。公園の便所は比較的きれいだというから、まず初心者としてはそれがいいだろうと。

開放便所としてはもっとも原初的な構造で、大便も小便も同じところでするようになっていた。ずっと昔の日本の小学校あたりの学校の便所を思いだしてほしい。小便をするところは四～五メートルの長さのコンクリート製の長い台のうえに立ち、基本的に前のコンクリートの壁に小便をぶつける。立ち小便、座り大便の共存スタイルというわけだった。大便をする人もこの立ち小便をするところにしゃがむ。しかし向きは逆になる。お尻をコンクリートの壁の方向に向けるのだ。

理屈も効率もわかるが、本当はどんな人間でも持っているはずの理性とかデリカシーを保護する、という思考が欠落していた。実際に体験してみて面白い心理だと思ったのは大便をしている人の横で立ち小便をしているほうが心理、感情的に「上」になる、ということだった。おまえはウンコなんかしているがこっちは小便なんだ。という、意味のあまりよくわからない「めくそ、はなくそ」的優越感と敗北感がはっきり存在する。

しかし、実際にやってみるとわかるが、前を向いて立ち小便をするよりも後ろを向いて、つまりお尻を壁に向けて用をたすほうが堆積（たいせき）している汚物をあまり見ないですむぶん、視覚、感覚的には楽である。こまかいことだけれど人間に犬や猫などよりも羞恥心という高度の精神があるかぎりこの感覚は誰でもわかるだろうと思う。

中国の公衆便所が汚いのはワイロ社会がかかわっているように思う。掃除をする係の人はいるが、その人が掃除消掃管理係にワイロを渡し、目をつぶってもらう。ワイロを貰（もら）った管理係がその上の組織の幹部担当者にワイロの一部をわたす。そのワイロチャンネルが生きているかぎり公衆便所はひたすら糞便（ふんべん）を溜（た）めていく一方、ということになる。

こういう公衆便所は便器以外の場所にも糞便が転がり、裸足で入ったりしたら糞便地獄に動けなくなる。夏などは公衆便所の内部全体に湧く蛆虫（うじむし）が動き回り、知らないで入ると最初は薄暗いからわからないが、地面はもちろん壁から天井まで這(は)いのぼって、もぞもぞじわじわ動き回っている蛆虫によって目眩(めまい)を起こしたようになってとても危険だ。

このように荒れてくるとちょっとやそっとの掃除では手がつけられないように思える。もう単純な掃除なんかしてるよりもトイレの建物全部を爆破してしまったらいいんじゃないか、と思うくらいだ。いったん瓦礫(がれき)をかたづけ新しく作り直す。

行政が管理している便所は、便所そのものもそうだがその裏側も汚い。人智、常識を超えた汚さ、というものが世の中にはいくらでもあるのだなあ、と強引に教えられたようだった。

民間がやる「便所屋さん」が現れた時代があった。

日本の「お風呂屋さん」をそのまま便所に置き換えればいいのだ。有料で、むかしは二角(邦貨三〜五円)なんていうときを知っているが、便所を経営する、というのは相当に手間がかかることなのだろう。いまでも地方都市に行くと二元(二元が一九円ぐらい)の便所屋さんがある。

六年ほど前にまた敦煌に行ったときは大きな食堂センターの端に有料便所があって、チケット徴収の人が入り口で弁当を食っていた。

背中側の便所のほうから吹いてくる臭気の凄まじさはまさに鼻七重まがり、目がチリチリ痛くなるような危険ガスで頭がクラクラした。でも入り口のチケット担当の人はもう嗅覚神経が鈍麻しているかマヒしているかなのだろう、そこでうまそうに弁当を食っているのだ。人間は強い。

中国のさらに奥地にいくと便所は集落に男女一箇所ずつしかない、なんてところがある。朝などは当然その前に列ができる。男女の便所は背中あわせになっているがこういう便所も「開放型」である。しかも長い緊迫した焦りの時間を耐え、自分の番になると行列の先頭に対して向かいあって用をたすことになる。つまり「公開ウンコ」だ。

やっとしゃがめた者は至福と安堵の瞬間だけれど、焦りと緊迫感で充満した行列の威圧感といったらなかった。

「早くしろ、早くすませろ！」

という全員で「せかせる」エネルギー波を本当に感じた。怖いくらいだった。これぞ地上最強の便所だなあ、とあとで思った。

こういうところでは何も考えず、とにかく満足いくまでやるしかない。遠慮していたらその日ずっと落ちつかない。小さな集落ではちょっとした木立の中などに入ってやろうとすると大地は先人の糞だらけ。野糞は禁止されていて「野糞逮捕＝罰金三〇元」などと赤ペンキで書いた看板などが立っている。みんなその看板のまわりに野糞をしている――のだが。これは一九八八年、西域のオアシス「米蘭」という村での体験だった。

今、日本から温水式ハイテクトイレを買っていく人々と、あのオアシスの地上最強（図）の便所が、ぼくにはどうしても頭の中でうまく結びつかないのだ。

しかし、二〇〇八年の北京オリンピックあたりから、中国の行政が本格的トイレ改革にのりだし、それはいかにも中国的に加速度的に「きれいなトイレ」「超ハイテクトイレ」への波となって、都市部などでは「顔面認証」によってすべてのシステムが未来社会を予感させる美しくも機能的なものにどんどん変わってきているという。

男厕
女厕
公共厕所

汚らしい日本

中国のトイレがずんずんきれいになっていく一方で日本はどうなのか。いきなり結論だが日本は汚い。先進国といわれる国々のなかで日本がいちばん汚いように思う。

中心地の都会もそれを囲むターミナル都市も、さらにそれを繋(つな)ぐ地方都市とその周辺の田園地帯も日本はどこを見ても汚い。これはトイレではなく街そのものについて——である。

たとえば、ぼくは今、渋谷区と中野区の境目あたりに住んでいるが、私鉄の駅に行くまでの道のまわりはどこを見回しても汚い。

見たかんじ街並みはそんなに荒れていない。たとえばメキシコとかムンバイの裏通りを歩いているときのような気持ちがザワザワしてくるような荒れた汚さはない。道路はちゃんと掃除されているし、わけのわからない血痕などもないし、死んだ犬が道端に横たわっているなんてこともまずない。

それであっても、日本の街筋は視覚的になんだかとても疲れる汚い風景が続いている。見たくもないものがいきなり目に触れてくる〝ありふれた〟汚さ、というようなものがいっぱいあるからだろう。

たとえば歳末選挙が終わったばかりの今、道筋にしばしば目に入るのは貼り捨てられたままの選挙ポスターだ。選挙ポスターの顔はろくでもないものが多い。どっちにしても一波瀾（はらん）すんだ候補者が年越しの雨やホコリにまみれてさらにひどいことになっている。

きちんとした候補者だったら、当選しようが落選しようが、こういうものは選挙が終わったあと、ちゃんと剝（は）がして回収しているだろう。いまだに残って顔をさらしている候補者は、たとえその人が当選してうまいこと議員になっていてもその人間性は信用できない、ということをその貼られたままのポスターが語っているような気がする。わたしたちは、そういうことをちゃんと記憶しておくべきだろうと思う。こうした残存ポスターは街を汚くしている元凶のひとつ、恥さらしの顔たちだ。

日本の街は広告看板が勝手に好きほうだいあちこち並んでいるめずらしい都市だ。かなり世界のいろんなところを歩いてきたが、日本みたいに広告看板がこんなに無統制にめちゃくちゃ乱立している都市は見たことがない。

たとえば日本のある地域を歩いていくと、見渡すかぎり、といっていいくらいサラ金関係のポスターが並んでいるところがある。その地域に即座に現金を必要とするなにかの事情があるのだろうけれど、街の一角にひとつのサラ金業者のポスターが五〇枚ぐらい並んでいたりする。その上とか横にやはり別のサラ金業者のポスターが同じ数ぐらい。選挙前のポスター看板のようにだ。

あるいはビルの窓という窓にそういうサラ金ポスターが全面的に貼られていたりする。そのビルの中で仕事している人には窓から外をまるまる見ることはできず、せいぜい貼ったポスターの隙間(すきま)から外を見るしかないのだろう。なんのための窓なのだろう。

その部屋の持ち主は、うちの宣伝戦略なんだから文句あるか、ということになるのだろうけれど、そのビルが客観的に見て「醜い」ということは考えていないのだろう。こんな風景は世界にひとつ、日本だけしかない。

日本だけ、という現象でいえば「野立て看板」の異様な多さもそうだ。道端や線路端に林立する看板。あまりの多さに誰も注意を向けようとしない。つまりは本来の広告とか宣伝の効果がまったくないのだ。桃太郎旗というらしい、と誰かに聞いたことがあるが、戦国時代の兵士が背中にくくりつけて走り回っていたような旗指し物。しばしば道路に林立しているがあれも美しいとはまず思えない。

新幹線に乗っていると車窓からは常になんらかの野立て看板が見える。そんなのがなければまあまあそこそこ美しい日本の自然の田畑、山々がひろがっているのだが、それらはこの醜悪ないろいろとりどりの広告物によって遮蔽（しゃへい）されている。

ところどころに見える不自然な建物は殆（ほとん）どヒトをバカにしているとしか思えない、幼稚なオトギのお城みたいなラブホテルだ。あるいは原野みたいなところに建てられている巨大な建物はパチンコ屋だったりする。しばしばその屋上に「自由の女神」像が突っ立っている。そのずっと先のほうに何の宗派によるのかわからないが場違いな巨大な観音像が「にゅーう」と突っ立っているのが見えたりする。

本来わたしたちは、自然な風景を美しいものとして享受する権利があるはずだ。でも、それはまったく守られていない。自然そのままの風景なんぞこの国に住む人々は誰も求めてやしないんだよ、といわんばかりに、日本の原野の風景は「金儲（もう）け」のための造形物によって凌辱（りょうじょく）され続けている。

ある山野をクルマで行ったときに、いつのまにか自然そのままの恐ろしいくらいの山野の道路に入っていた。そこにひときわ目立つ看板があった。なんて書いてあったと思いますか。

「自然がいっぱい！」

と、大書きされていたのだ。

そのときぼくはこの国は、国全部がバーチャルなのではないかと思った。

この大きな立て看板は目立つ。

「自然がいっぱい」といっているお前がいちばん〝不自然〟なんだ、と思う人もいるだろうし、そうか、なるほどここは自然ばかりの風景なんだ、とあらためてあたりを見回す人もいるだろう。

体験的に知ったことがある。

美しい環境に暮らしている人は、自分をとりまいているその「美しい環境」に気がつかないことが多い、という現象である。

たとえばモンゴルの遊牧民は「いちめんの草原」や「いちめんの自然の花畑」にあまり反応しない。南島に住む人々はサンゴに殆ど興味がない。ネパールのシェルパ族は頭の上の満天の星をつくづく見上げたりしない。

北極圏の人々は流氷に何か特別の思いをはせたりしない。

それらはみんな生まれたときから存在している風景であるからだろう。そういうところにいって「すばらしい！」と大騒ぎして感動するのは先進国の都市部に住む人々だ。

けれど日本人がそうであるように、もともと汚い環境下に生まれ、育っているから、汚い風景、あるいは「異様なる風景」に殆ど反応しなくなっていることがとても気になる。

どんどん進んでいくこうした感覚不感症は、このままでいくと、見えないものを見る努力やその〝ちから〟が無くなっていく危惧に繋がっていくような気がする。

今いちばん怖いのは「美しい日本」とかなんとかいっている政治家などにたぶらかされて「見えない」遺漏放射能への危機感がどんどん希薄になりつつあることだろう。それが一番危険で汚いものである筈（はず）なのに。

人類は皆兄弟ではない

どうも困ったもので一月から二月というと完全に士気が落ちる。別に寒いからではなく、日本はこの時期も関東なんか雪国の人に申し訳ないくらいの晴天が続いたりするから欧州の北や、シベリアなどによくある「冬季鬱」なんていう思索的かつ高尚なものでもなく、ただもう意味も理由もなく気分は平均して重暗くなり、積極性というものがどんどんなくなってしまう。

それにもう三〇年以上つき合っている「不眠症」というあまったれヤマイがあって、これもじくじくとこの時期の我が身の神経と四肢を押さえ込んでくる。夜中の三時ぐらいにいきなり目を覚まし、そのときがなんだか一日のうちでわずかに一番アクティブな気分になっているような気がする。

真夜中に一人で元気になってどうすんだ。

まわりのものは「老人性鬱」ではないか、と言うが、一、二月をすぎるとしだいに必要以上に気力体力充実してきてどんどん家を出てあちこち出歩きたくなる。ひとり啓蟄（けいちつ）なんていうのかもしれない。その出歩くアチコチも町内とかせいぜい最寄りの駅周辺徘徊（はいかい）程度ならいいが、昨年などはいきなりアイスランドなどという、行って帰るだけでも相当に時間がかかる遠く寒いところに飛んでいってしまった。我ながらまったくこまった放浪じじいなのだ。

しかし、今はまだ二月。ぼくの閉鎖精神世界にとっては最悪の月。気がふるいたつことは何もない。新聞で見る世の中も暗いニュースばかりだ。とくにイスラム国の事件のときは結果的に深い「無力感」に落ち込んだ。

仕事柄これまでいろんな本を読んできた。世界四大宗教についてはとくに念入りに読んで理解しようとしたときがあったが、一番やさしく書かれているものでも理解できたとは思えなかった。何も救われる感覚がなかった。どの宗教も「隣人を愛せ」と言っている。多神教の場合は森の樹（き）もそこに生きるキツネもリスも、空を行く雲も、行く川の流れる水も畏怖（いふ）し慈悲を感ずるものなのだ。

読んでしばらく考えていると、四大宗教は究極的にはみんな同じことを言っているのではないか、という気がしてきた。それであってもゼウスやアレスのように紀元前から西欧出身の古い空の神たちはすさまじい闘争の日々をおくっていた。我々が一様に広義な「神の子」というのならば、文明社会を作る前から、我々人類の天にましますす「父や母や教えを諭すもの」、つまりは神たちは壮絶な殲滅戦をおこなってきているのだから、その子たち（人間）だけおとなしくしていなさい、と言われても無理なのだ。

宗教の戒律よりも前に「民族」ごとの頑なな結束と、さして意味のないそれらの対立というのがずっと世界を覆っているような気がする。これは人類の歴史にからむことだから、今さら「国連」なんてのをつくって何かをしてもとてもナニカできるようなまやさしい領域ではないような気がしてしようがない。

ぼくの座右の書の一冊は『かくれた次元』（エドワール・ホール＝日高敏隆・佐藤信行訳、みすず書房）だが、生物生態観測からその行動分析にいたるまでわかりやすく説かれた思索本である。

そのなかでたくさん取り上げられているのは、人間を含めた多くの動物の「安心」あるいは「敵対」あるいは「闘争」感情についての分析である。

「二〇〇〇年以上接触しているにもかかわらず、西欧人とアラブ人はまだ互いに理解し合っていない」

という書き出しの章がある。

ここで分析されている「敵対」と「安心」にからむ距離の問題が興味深い。簡単に要約すると、二人の西欧人が初めて出会って話をするときの「友好安心距離」はテーブルを挟んで向かい合う距離ぐらいという。まあだいたい二メートルぐらいだろうか。

アラブ人の場合は五〇センチぐらいの距離で向かい合い、互いに相手の息を嗅ぎ合えるぐらいの状態で話をする。さらに互いに相手の目の真ん中を見つめ、唾が両者の顔にぶつかるくらいの距離が「友好安心距離」という。コミュニケーションの基本である、初対面の会話姿勢がこれだけ違ってくると、本心からの話がそこで対等にできるかどうか。

民族によってこの距離は微妙に違ってくる。以前モンゴルに傾倒していた頃、彼らの親しい人々の挨拶(あいさつ)は互いに抱き合うことであった。中央アジアの遊牧民がそんなふうに西欧風の挨拶をしているのに驚いたが、何度も足をはこぶうちにその意味と内容が西欧人のそれとはだいぶ違うことに気がついた。

モンゴル人は互いに抱き合って「相手の匂い」を嗅ぎ合っていたのだ。遊牧民の仕事は常に家畜である動物たちと触れ合うことである。馬の首っ玉を抱いてその匂いを嗅ぎ、馬の健康状態を確かめている日常だから、人間同士も「相手の匂い」を嗅ぐことでそれぞれ理解し合っているのである。

同じ牧畜民族であるアフリカのマサイ族の場合、これはぼくの個人的な体験だが初対面の「安心距離」は一〇メートルは必要であるような気がした。それ以上接近すると危険、とぼくの中の恐怖的精神がしきりにそれを告げていた。マサイ族のほうも、見知らぬ人種、民族であるぼくを（思いがけないことに）警戒しているようで、結局その距離以上は接近せずに互いに必要なことを伝えあった。マサイ族は槍を持っているし、圧倒的にこちらより強いのに、かつて見知らぬ民族と相対したとき、相手が隠し持っていた銃の脅威がいまだに遺伝子に継承されているのではないか、と思った。どうも望遠レンズをつけたカメラを持っていると激しく警戒され、それが原因で交渉できなかったりする。カメラの長い望遠レンズが銃を連想させているらしい、とあとで知った。

宗教や信心などを超えて世界中に、こういう「民族と習慣の壁」というものが存在し、私達はしばしば無知なるがためにその見えない警戒線を越えてしまってトラブルのもとをわざわざこしらえている可能性がある。

そういうものをひとつひとつ理解し合って世界中の人々が友好関係を持つ、などというのはマンガチックな絵空事に思えてくる。『かくれた次元』からさきほど引用したように、二〇〇〇年以上も接触しているのに西欧人とアラブ人はまだ互いに理解し合っていない、という指摘は、あと一〇〇年とか三〇〇年たつと突如、劇的に融和する、などということもないような気がする。

むかしあった「世界はひとつ、人類皆兄弟」などというバラ色の未来など、たとえ戦闘的な宇宙人が地球を攻めてきて人類が団結しなければならなくなったようなときでも決して実現しないように思う。

ホウキ星捕獲ミッション

地球の水は閉鎖体系にある、ということに気がついたのはうかつにも一〇年ほど前のことであった。以前から世界のいろんな国を旅していてまっさきに気になったのがお店などで出てくる水がそのまま飲めるのか、ということだった。

先進国ではかなり前から瓶に入った（しばしばガス入りの）ミネラルウォーターを買うことができ、安心できるが、途上国などの場合はレストランなどに入って出される水がしばしば濁っていて正体不明の異臭がしたりする。

日本のように水道のインフラのない国では、ひどいときは裏の沼から汲んできた微生物（しばしば大腸菌）入りの不気味な水だったりする。良心的なところは煮沸したりするが、それも長くおいておくと温くなってしまいかえって雑菌が繁殖し、毒水に変化していく場合もある。

日本には三万五〇〇〇本から四万本の（世界レベルで比べればどれも小さな）川が流れていて、

短いぶんだけ水源地が近いので山の中などでは川の水をそのまま飲むことができる。しかも水質は軟水で、ヨーロッパに多いカルシウムの入った硬水に比べたらこれほど理想的な水事情の国はない。

三年前に、そうした世界の水事情について取材し、本にまとめた。その結果、どういう角度から見ても世界は今世紀に地球規模のスケールの「水不足」となり、飲み水の確保に悩む国が水の豊富な国の水資源を狙って攻撃してくる「水戦争」の世紀になると学者などが予見している。

日本の近隣国家でもっとも深刻な水不足に苦しんでいるのが中国で、未確認情報ながら中国を含む水問題に悩む国々が、豊富な日本の水資源（主に山岳地帯）に侵入し、日本との合弁会社などをつくってボーリングし、天然ミネラル水をつまりはまあ「搾水」して自国に運び出しているらしい。中国といえばこのところ小笠原諸島などでの赤珊瑚（さんご）ドロボーがたちまち頭に思い浮かぶ。

これほど露骨な侵犯搾取まではいかなくとも、むかしから水問題に苦しんでいるアフリカ、中央アジア、オーストラリア、インドなどは今後確実に深刻な水不足に見まわれていくことが予測されている。

逆に当面、水へのストレスのない国はカナダ、ブラジル、インドネシア、ノルウェー、フィンランド、アイスランド、それに日本である。しかしこれらの国の水の供給源はそれぞれ違っている。

日本の水循環で世界が羨むのは毎年かならずやってくる梅雨と台風による莫大な水の供給だ。台風などはそれによる人や物や自然環境破壊のリスクをともなっているが、マクロの視点からみればむかしから言われているように「ありがたい天からの貰い水」だ。

しかしそれであっても、やはり小さな閉鎖回路からの水の供給だ。とくに今度の原発事故で大量の放射能汚染水が海洋に流出したような場合、自転、公転している地球の海の水はまたたく間に世界中の水汚染に関係してくる。放射能の内容によっては半減期でさえ人類の生存中にあるのかどうかわからない壊滅的な問題を抱えている。

そして日本をはじめ、今後世界のどんな国からどんな事故がおきるのかわからないけれど、確実に言えることは地球に生きる生物の命の基本である水が、海水、淡水にかかわらず確実に汚染を重ね濃縮されていくだろう、ということだ。

話は少し変わるが、地球の水がもともとどこからきたのか、ということについては長いあいだの論争になっているらしい。ひとつは地球の内部から湧きだした、という説。ひとつは地球以外（つまり宇宙）の天体からもたらされた、という説。

ここで、最近の非常に胸躍るニュースが脳裏を駆けめぐる。欧州宇宙機関（ＥＳＡ）が開発した無人の彗星探査ロケット「ロゼッタ」が十年かけて火星と木星のあいだにある彗星に着陸した。これはびっくりする出来事だった。以前小惑星のジャガイモみたいな岩石のカタマリ状の写真を見たときも驚いたが、今度のはなんといっても彗星である。

「チュリュモフ・ゲラシメンコ」というどこか遠くロシア人の血をひくような名前だが、その表面の写真を見て驚きましたなあ。まるで下手な芸術大生の作った泥のゲージュツ作品「創造のとき」なんて名がついたりしてるのよくありますな。あんなかんじだった。

その彗星に無人の着陸機がおりる。地球の一〇万分の一しか引力がないというから固定するイカリが撥ね返されてしまった、なんてＳＦそのもののハナシだ。

それでも結果的に十年の旅を終えて「ロゼッタ」は彗星をがっちり捕まえたというニュース記事を読んでいてコーフンした。

その少し前、二〇一〇年にアメリカのカリフォルニア工科大学が欧州のハーシェル宇宙望遠鏡でハートレー彗星を観測しているときに、この彗星の表面を覆う氷の成分を分析し、その組成が地球の水とほぼ一致することをつきとめた。このニュースにもぼくはコーフンした。

このハートレー（ハーレーじゃないからね）彗星は約六年という比較的短い周期で太陽系を回っていてその後ろに長い尾をひいている。この尾は氷である。彗星にもよるがこれはとてつもなく長く、その氷の量もすさまじい。小さな彗星で数万キロ。大きなもので一億キロもあるというからたいへんだ。

地球の海の水と同じ特徴をもつハートレー彗星の尾が太古の地球にぶつかって地球を「水惑星」にしたという仮説がなりたつのなら、地球人類の未来に少し光明が見えてくるような気がする。

やがてさらにスーパーサイエンスが飛躍的に進んだ時代、今度の「ロゼッタ」の技術をもっと進化させて、このハートレー彗星を捕まえにいく「ホウキ星捕獲ミッション」というものが生まれるかもしれない。

ハートレー彗星の頭を捕まえて地球に持ってくるのだ。そのうしろにつながるとてつもない量の氷を地球にぶつける。全部地球にぶつけてしまうと地球は全体が洪水になり、人類救済どころではないから、ちょうどいいカケラを水を渇望しているエリアに落としていく。放射能などで汚染された海洋はとくに重点的に。そうして地球をあたらしいきれいな水の惑星に戻す。

問題はもともとの汚染されている地球の水をどこに持っていくかだ。汚染物質の処理はどこの世界でも難しい問題なのだ。

しかし宇宙での処理はわりあい簡単かもしれない。太陽に接近させていって焼いて消滅させてしまう、というとてつもないでっかい焼却炉があるからだ。

water

Ⅳ

さしたることもない日々に

変事二話

雑魚釣り隊という、まあその名のとおり釣りが好きだが、技術、能力関係はバラバラという親父集団の隊長をしている。どっちかというとその名称のとおり、釣り船で勇んで沖に出てもクサフグとかゴンズイとかキタマクラなどといった雑魚（このうち二種は食うと死ぬ場合もある）ぐらいしか釣れなかったりする。

発足してちょうど一〇年。なぜか年々〝隊員〟が増えていて、いまは二五人ぐらいいる。そのアホバカ行状記を最初は『つり丸』という沖釣り専門誌に連載していたが、我々のあまりにもナサケない釣り話が続いていたためか二年ほど前に、いわゆる「戦力外追放」というやつで連載打ち切りとなった。くわしいイキサツは省くが、そのあと『週刊ポスト』が身柄をあずかってくれて、月一回の連載としていまもその行状記を書いている。

専門誌のときは〝海しばり〟があったが、一般週刊誌になるとドロ沼でも水たまりでももしかしてサカナがいそうなところだったらなんでもいい、というおおらかな規制緩和があり、我々はここぞとばかりいろんなところへ行って竿を出している。

で、このあいだむかしから馴染みのウックシイ川である高知の四万十川でキャンプした。一五名参加。川原に竹とブルーシートで全員収容できる大型簡易テント（総工費五〇〇〇円）を作りこれも面白かった。相変わらずロクなものは釣れなかったが、市場であらかじめ買っていった長さ七〇センチはあるカツオ二匹で藁焼きの本格的なタタキを作り、全員で「うめえうめえ」と夜空にむかって吼え叫び、でっかい焚き火を囲んでとことん飲んできた。

そのシリーズで、先日は平塚から船に乗って我々には分不相応ながら旬である「アマ鯛」を釣りに出た。そうしたら不思議なことに二〇匹ぐらい釣ってしまった。もっともぼくは当然釣れなかったが。

その釣魚旅にはある「思い」があった。隊員の一人で、海に出ても竿を出したことはなく酒ばかり飲んでいたぼくと同じような仲間の一人が二年前にガンで亡くなり、その命日でもあったので、船の舳先にそいつの遺影を張りつけた「しのぶ船釣り」でもあったのだ。

その夜、新宿の我々のアジト居酒屋に二〇名近く集まり、アマ鯛を肴にそいつを懐かしむ会をひらいた。アマ鯛は、昆布シメ、唐揚げ、煮つけ、どのようにしてもうまかった。

ちょうどその日発売の『週刊ポスト』の連載が四万十川合宿の話だったのだが、そこに出ている写真のことでいきなり騒ぎになった。例のブルーシートで作った簡易巨大テントの前での我々の集合乾杯写真が出ているのだがそれを見ていた誰かがいきなり、「アレー!」などと叫んだ。

「なんだなんだ?」

「これ、もしかして心霊写真じゃないすかね?」

そんなことを言いだしたのだ。

一一人が写っているのだがありえない角度からカンビールを持った手が出ている、というのだ。見るとそのようにも見える。もっとも照明のくらい居酒屋で、活版写真を見てもはっきりとはわからない。そういうふうに思ってみればこれは誰が握っているビールなんだ、という疑惑もある。二〇人ぐらいでも集団心理とはオソロシイもので、この手は川のここらで命を落としたヒトの手ではないか、とか、無類の酒好きだった目の前に掲げてある遺影の友人のものではないか、などといった怪しい説がいっぱい飛び出し、必要以上に恐ろしがっている奴も出てきた。実際にはルーペでよく見たら疑惑はとけたのだが。

そんなことがあったからなのか、いくつかハシゴし、ぼくは明け方近くまで泡盛を飲んでの朝帰り。

で、心霊とは関係ないがもっとヤバイ事態が翌日おきた。愚かにも昼ちかくまで寝てしまったのだが、一時間ぐらいして気がついたのは携帯電話がないことだった。

前の日、最後に飲んだのは我々のアジトその（3）である特設ゲル（モンゴルの遊牧民の移動式家屋＝円形テント。中国の内モンゴルではパオともいう）だったがその夜は電話をかけた記憶はない。家に帰ってからすぐどこかに置いたままにしているかもしれないと思い、あちこち探した。

携帯電話を紛失したヒトに聞いたのは、ほかの電話で自分の携帯電話にかけてみることだ、音がその場所を教えてくれる、という探索法だが、あいにくぼくはずっとブルブル機能にしていたので、よほど近くにいないとわからない。

だいぶ酔っての朝帰りだったから、記憶ははっきりせず、帰宅してからどこかに置いたとしてもすぐに寝てしまったからそんなにあちこち移動したはずはない。

やはり本格的に紛失してしまったらしい。

でも紛失した場所は居酒屋二軒とその特設ゲルの三カ所しかない。

それぞれの経営者などに電話して探してもらおうかと考えたが、携帯電話紛失者はおわかりのように、そのヒトの電話番号がわからないのだ。夕べずっと一緒にいた何人かの友人の番号もわからない。それらの人の電話番号を記録したアドレスノートなどもない。104で調べる、というセンも考えたが、携帯電話の番号を電話局に登録しているなんて律儀な奴は思い浮かばない。自分自身も登録などしていないからそのセンで知ることはできないだろう。

これは困りますなあ。

そうこうしているうちに、朝方タクシーで帰ってきたのを思いだした。契約しているタクシー会社ならばすぐ連絡できるが、その日は適当にやってきたタクシーをひろってレシートも貰わなかった。

これも困りますなあ。

しばし焦って考えこんだが、結局、いますぐそれぞれの問題場所に行く、ということだった。クルマを運転してあの店の近くのパーキングはどのへんだったかな、などと考えているうちに目的の店に着いた。

そうして気がついたのはその居酒屋二軒は午後五時からの開店ということであった。店長に電話できれば開けてもらえるだろうがその電話番号がわからない。念のために入り口のドアをノックしてみたが、店には誰もいない。おそらく開店一時間ぐらい前には板前さんぐらいはやってくるのだろうがそれまでまだ三時間もある。

ゆうべ飲んだ仲間の一人がその近くの会社に勤めているのを思いだしたが、そいつとの連絡も携帯電話であった。会社まで行ってみるセンも考えたが、なんと正式な会社名も場所も知らないのであった。嗚呼(ああ)どうしたらいいのだ（続くようで続かない）。

迷惑な拾得物

前項で、携帯電話を無くした話を書いた。結末までは書かなかったので話として完成してねえじゃねーか、というお叱りを受けそうだったが、ある理由で書かなかった。ちょっと複雑な展開があって、見つけてくれた人に迷惑をかけてしまいそうだったからだ。で、はからずも今回は婉曲ながら、もしかするとその話の続きのようなテーマになるかもしれない、という出来事。

そろそろ師走でみんなどこか浮足立っているからなのか、大事なものを無くしたり拾ったりする事態が多くなっているみたいだ。

今度はぼくがサイフを拾ったのだ。

タクシーの中である。チャンピオンベルトみたいな形をしたサイフで、海外旅行などで腹巻の要領で上着の下に現金を隠しておく、なんていうためにむかし海外旅行ショップなどで見た。あれによく似ていた。最初、車内が暗いのでわからなかったが、やがて新宿歌舞伎町界隈に入ってきて道の左右のビルの明かりですぐに「アレ？　なんだこれは」と気がついた。サイフ仕様になった真ん中へんの膨らみがずしりとくる。掴んだ感触で中身は現金だな、とすぐにわかった。

でもいくらあるのかあけてみなかったのでわからない。あとで考えて円なのかドルなのか、あるいはもっと別の種類の札なのかぐらいは見てもよかったかもしれない。厚さからして、一〇〇枚ぐらいの札束であるような気がした。幸か不幸かまもなく降りるところだったのですぐに運転手さんに「忘れ物みたいですよ」と言ってそっくり渡した。

降りてから行くべき店（まあ居酒屋ね）まで二〇メートルぐらい歩いていくときにいろんな考えがよぎった。

まずぼくのなかに色濃く渦巻いている「悪い心」がこう囁いていた。

「あの厚さの感触、円なら一〇〇万、ドルならやはりその前後。本日も中国人をたくさん見たから、いま中国の一番高い元札は約二〇〇〇円だから百枚あったとして二〇万か。もしかしてポンドだったら五〇ポンド札は約九五〇〇円だから一〇〇万円弱だ。どっちにしてもちょっとだけ確認してみるべきではなかったか。どういう種類の札にしてもぼくがいつも持って歩いている背負い式の革デカバッグに腹巻財布ごとき簡単に入ってしまう。惜しかったんじゃねーの。一〇〇万だぞおめー」

いっぽうぼくのなかの「いい心」が、

「わが判断はあれでよかったのだ。平均的な善良市民ならみんなそうする」

ぼくのなかの「疑心」は、

「いくらあったかどうかわからないけれど、あの運転手はちゃんとしかるべきところに届け出ただろうか？」

突如ぼくなかの「下心」が、

「運転手に渡すよりも、もよりの交番に届けたほうがよかったのではないか。大金だったら落とした人はそうとう慌ててるだろうからすぐに警察に届けでるだろう。詳しくは知らないが通例はお礼として一〇パーセントぐらいはこっちにくるんじゃないか。合法的な臨時収入。犯罪にはならず税金もとられず、むしろ落とした人に感謝され、警官はいまどきめずらしい正直なヒトだと感心し、どちらからもいいヒトといわれる」

ぼくのなかの「楽親的邪心」。

「でもって落とし主が妙齢の美人ヒトヅマで、亭主はここんとこ全然妻をかまわない悪徳高利貸し。おまけに肥満デカ腹で性的変態者。紛失した妻はコトの顛末は亭主に伝えず、あとでぼくに電話をかけてきて赤坂あたりの料理屋で感謝の一席。そのあとは……」

ぼくのなかの「悲観的小心的妄想的悔恨」。

「落とし主は歌舞伎町を根城にする悪徳高利貸しで肥満デカ腹。財布を警察に届けたことにより、その落とし主からぼくに連絡があり、ちょっと会いたい、と言う。おお、一〇パーセントか、と喜々としてその場所にいくと、そいつは開口一番、拾ってくれた財布のなかに白い粉末状のクスリみたいなものはなかったか？ 約一〇〇グラム。などと言う。いつのまにかまわりに険悪な顔つきをした男数人がじわじわ迫る。『いやそんなのは入ってなかったですよ、あの拾得物は中のものを確認もしないで運転手に渡してしまったので……』

うろんな目つきでそうこたえると『オメーなんでうろたえていやがる』などといって悪相の男五、六人がさらに接近」

などということはめったにないだろうが、絶対ないとはいえない。ラッキーと悪運は、常に隣り合わせなのだ。

じゃあのとき、運転手にも警察にも届けず、そこらで降りて別のタクシーを三回乗り継ぎ、知らないバーとオデン屋とラーメン屋に寄ってわざわざ電車に乗って帰宅していたらどうなのか。どこでどうしてそうなったのか見当もつかないが、自宅に帰って一〇〇万円をながめ、ようやくホッとしていると玄関でピンポーン。

「深夜宅急便です」などと訪問者は言う。

そんなのがいつできたのだろうか、と首を傾げながら玄関をあけると、さっきの悪相の五、六人が闇のなかにいる。

「あんたに預けたものを返してもらいにきた」などと、そのうちの腹デカ親父が言う。

「なんで、この家がわかってしまったか……」。ぼくはわけがわからず慌てまくり。

「オメーは携帯電話になにもかも登録してんだな。いまどき自宅の電話を登録してるドジがあるかよ。まあおかげですぐにここがわかったけどな。オメーがネコババしたクスリいますぐ返してくれ。あるいは時価で約一八〇〇万円明日ここにフリコムかだな」

などと言うのだ。

ん、なバカな。と多くの読者は言うだろうが、いま目の前にいる六人をどうしたらいいのだ。

いくつかの解決策がある。

「劇画的簡単解決法」

ぼくは長年隠していたが、香港カンフーの使い手なのだ。

「キエーッ」「アチャー」

などと叫んで三分で六人をぶっとばし、パッパッと手を払って自宅に戻る。ぼくの家は半地下のガレージの上を行くので花崗岩の固い石段を九段のぼるようになっている。

酔っているし、いい歳だし今激しいたたかいをして足もとがロレッている。一番上の踊り場でうっかり足を踏み外し、頭と背を下にそのまま落ちてしまった(この部分本当の話)。二秒ぐらい気を失っていたようだが、すぐに両手で頭のぐるりを探った。こういう時頭を割るのがいちばんやばい。奇跡的に怪我も骨折もなかった。普段筋トレしているおかげだろうか。あれで動けなかったら携帯電話で誰か呼ぶしかないが、それがないのだし。

ポケットに数珠が

よく行っている八丈島から連絡があり、表彰するので島にこられたし、という。あまり詳しい内容は伝えてくれないのでいったい何を表彰されるのかわからない。

正装（礼服、羽織袴）という制約がぼくを戸惑わせる。これまで八丈島には一〇〇回ぐらい行っているが、ぜんぶ遊びだから正装して行ったことなど皆無。第一ぼくにそんな服があるだろうか。そうだ七、八年前に、にわかに葬儀が増えてきたので英國屋で誂えたダークスーツが一着ある。喪服ではなくただのクラシックスーツなんだけれど着たのはいままで葬儀五回、身内の法事二回ぐらいだからたぶん抹香臭いだろう。でもストライプのワイシャツと明るいネクタイに替えればなんとかなる。

一度若い友人（ぼくにはアウトドア仲間の若い友人がけっこういる）の結婚式にそれを着ていったことがある。で、正直なぼくは「今日はこのような着慣れないスーツで老人七五三やってておりますが、これまで着たのは葬儀ばかり。めでたい結婚式披露宴に本日はじめて着てきましたのでこの服もさぞかし喜んでいるものと思います」。

両家ともキチンとしたお家柄らしく、そのようなことをほざいていたら年配の人たちがどんどん引いているのがわかり焦りました。

普段挨拶なんて作家関係のなにかのパーティーぐらいだものなあ。素早く逃げ去ろうと汗の出ている額を拭くのに内ポケットをさぐるとハンカチではなく数珠に触れた。あんなの引っ張りだしたらもう大変だったろうなあ。で、八丈島の続きだ。その日は休日なので機内はこれから島で遊ぼうとすでに顔が弛緩（しかん）しっぱなしの若者男女がピエロみたいな服きてはしゃいでいる。ふとスーツのポケットをさぐるとまだあの数珠が入ったままだった。今日は挨拶なんかするんだろうか。

結果は「あった」。でも約三〇秒でおわらせたので汗をふくまでにいたらなかった。表彰の内容は八丈島は今年で町制六〇年になり、そのあいだ島の興隆に貢献してくれた、という理由であった。貢献したかどうかわからないが、よく大勢（最大は全国から五〇〇人）連れていってスポーツ大会など開催したり、釣り大会などもやっていたからまあそういうのは貢献でしょうな。

一日おいて山梨県の甲斐市へ。三町が合併して一〇年前にそういう名の市になった。「甲斐市」。なんだか以前からとうに存在していたような気もしましたね。

よく晴れた日で、そこを特急「かいじ」で行く。三連休の最後の日だったので車内はがらスキだった。そのかわり窓から見る中央自動車道の上りはまだ午前中だというのにもう渋滞だ。混むのがわかっているから一刻も早く出たほうがいい、とそれぞれ宿やホテルからまっさきに出てきたクルマだろうが、きっと同じことをみんな考えていたのだろう。こういうときは高速道路ではなく下の一般道を行くほうが断然楽なことがあるらしい。どちらかに決心するのはだいぶ難しいだろうが。

途中の駅でなにかの送迎があったのかあるいはお祭りみたいなものがあったのか駅に例の「ゆるキャラ」が三体ほどいて「嫌なの見ちまった」。いま全国でもの凄いイキオイで繁殖しているらしいあのキモチワルイ物体ほど、日本という国の幼稚さかげんをあらわにしているものはないと思う。一時的な子供だましならともかく大人までむらがつて並んで記念撮影！　などとはしゃいでいる。あれはだいたい行政が金を出して作っているから税金が使われていることになる。

先日、ある雑誌でああいうのが全国で四〇万体だか一四〇万体だかあると読んで、世界にこんなアホなことにそれだけの税金を使っている国はないだろうなあ、と思った。ブームで二~三年で消えていくならまだいいが、その土地のマスコットなどといってくりかえし作られていくとしたら本当にアホな国家だ。

その日、甲斐市に行ったらとても人のよさそうな市長さんがわざわざ挨拶しに来てくれてかたじけない。でもテーブルに置いていった広報誌の写真がゆるキャラでしたなあ。

「よくできてるでしょう」

とヒトのよさそうな市長さんが言うのだけれど返答にこまりました。

その本を持って今度は上越新幹線で新潟の魚沼市へ。夕方六時三〇分からはじまる「只見線プロジェクト」に参加するためだ。二〇一一年の台風級の集中豪雨で連続決壊した只見川の三つのダムによって只見線は幾つも鉄橋を流され、かなり広範囲の線路を損壊し、以来途中で途切れたままになっている。その路線をなんとか復旧させようという運動にずっと加わっている。一番被害をうけた福島県奥会津にはたいへんお世話になっているからだ。

いままでは福島側の抗議集会に出ていたが、同じように苦難している新潟県側の集会が行われた、というわけだ。

新宿駅の雑踏から一時間三〇分で着いた上越新幹線の浦佐の駅は殆ど人の姿がない。日本は本当にやたら都市に人間が集中しているんだなあ、ということをこのところ連日のように実感している。ヒトが少ないほうが道路もすいているし、騒音もないし、静かに晩秋を迎えている越後の風情がとてもいいのだが、そんなの雑踏都市に住んでいる者のタワゴトなんだろうな。そういうところからゆるキャラで元気をなどという発想が生まれるのだろうか——などともおもった。

いやはや慌ただしい人生で、いま書き下ろしの本の残り一〇〇枚を仕上げなければならないのだが、中断したまま今度は名古屋にトンだ。ニコンが名古屋にあたらしいニコンプラザを作り、そのオープニングだ。とっぱじめにぼくの写真を何枚もギャラリー展示してくれるというのでこれは絶対いかねばの娘なのだった（これ山下洋輔用語の無断借用）。

このような移動の連続をしているといつかアタマもカラダもおかしくなり、とくに睡眠不足がたたる。

今週末は品川のモンベル本社の大ホールで、ぼくのイベントが行われる。ぼくの仲間たちが作ってくれているホームページ「椎名誠旅する文学館」が企画制作するもので一五〇人ぐらいの人が集まるようだ。

この一一月でぼくはモノカキ三五年になり、書いた本がちょうど二五〇タイトルとなっているそうだ。そうしてその当日出る新刊が『ぼくは眠れない』（新潮新書）で二五一冊目となる。帯に大きく「三五年間不眠症」と書いてあった。そうなんだよなあ。ああ、ねむいのにねむれない。

テレビだらだら

プロ野球が終わってしまい、自宅勤務のモノカキは、夕食をすませたあとの時間の使い方をもてあますようになってしまった。

ビールなど飲んで夕食もすませてしまうと、よほど追われていないかぎり、しばらく原稿仕事はしたくない。かといって本など読むアクティブなエネルギーが最近はなくなった。

そこでいままで野球ナイターを見ていた惰性で、なんの目的もなくBSだCSだ、とチャンネルを切り換えて、なにか面白いものやってないかな、という状態になるのだが、よく言われているように既存の民放テレビは本当にロクなものやってないのですなあ。

テレビのドラマの多くは映画と違ってどうしてもチープな画面になってしまい、有名な役者が演技していても、当然ながらただこれはこのヒトが台本の通りセリフ言っているのだな、という基本の構造が見えてしまうから、結局どうでもいいことになってしまう。

デジタル放送になってから大きなディスプレイでそれを見ると時代劇などは書き割りの

中で話が語られているようで、あのくっきり見えすぎるデジタルへの変更はテレビドラマをさらに嘘っぽくしてしまったような気がする。

今度は8Kとか10何Kとかが出てきてもっと大変だ。あの変換はこの業界の大いなる失敗だったのではないかと思う。たぶん大多数の視聴者はあんなに「くっきり見えなくてもいい」と思っていたと思うのだ。

だからドラマはどんなものでも見ているのが痛々しい。役者が真剣になればなるほど嘘っぽく見えてしまうからだろうか。それはやはり画面全体がよく見えすぎてしまうのが原因のような気がする。

あとはバラエティーみたいなものになるけれど、結局相変わらず視聴者を舐めているとしか思えないおかしなタレントがゾロゾロ出てきて、さして面白くもないコトを言って自分たちでゲラゲラ笑っている。こいつらこれでお金貰っているんだから甘い世界だなあ、ということで確実にぐったりしてしまう。

BSやCSなどでやっているかなり手を抜いた「温泉旅」とか「ラーメン屋めぐり」などのほうがむしろ面白い。出てくるB級タレントや、アナウンサーあがりの、ただキャーキャーさわいでいる女を面白い動物を見るような気分で流して見るのはけっこう楽しい、ということを最近発見した。

このテの適当番組はたぶん安上がりだからいくらでも作られるのだろう。男も女も、少なくともその世界の話だ。プロである筈の出演者が、なんであっても「すごい！」としか言わないのも「すごい！」。あれで通ってしまうのだから「すごい！」。

大きくても、広くても、おいしくても、（景色が）きれいでも、（状況が）こわくても彼ら、彼女らは「すごい！」もしくは「すごーい！」あるいは「すげ！」さらには「すごおーーーいいいいい！」ぐらいしか言わない。たぶん言えないのだろう。語彙がないのだから仕方がない。一人ぐらいなにがどう凄いのか、自分で考えて自分のコトバで言ってほしい。

出てくる人がみんなハッピーなのもよく考えるとヘンだ。なにかそれぞれに気分を害した嫌なことがある筈だろうに。でも言ってはいけないコトになっているのだろう。結局はディレクターの「能力」がその程度、ということなのだ。

それでも、安上がりとはいえスタッフまでいれれば旅費、食事代など含めてそれなりに金がかかっているのだから、よく考えるとその労力や制作費がもったいない。

いちばんアホなのは、この手の「やすもの」にお金を出すスポンサーですね。

ところで最近一番面白かったのは、それも偶然出会っただけなのだが、ステージでむかし懐かしい演歌歌手が歌っているのを見つけたときだった。「あの人は今……」的な興味が楽しい。しかしよく考えるとその歌手はだいぶ前に死んでいるではないか。

やがて気がついた。それは十数年前の「懐かしのメロディー」といったもので、そういえば大晦日にＮＨＫの紅白歌合戦に対抗して、ずいぶん長い時間放送されていたものなのだった。次から次へとナツメロが流れてくる。

画面の精度が相当悪いから、懐かしさをさらに加速させているのがまたいい。当たり前だが出てくる歌手はみんな若い。

知らない歌手もいる。いま見て知らないのだから、それが放送されている当時も知らなかった筈だ。悪趣味ながら、一人一人、このヒトはまだ死んでないよな、とか、この人はおお、まだ現役だ！などということに気がつき、びっくりしたりする。現在活躍している歌手は、そこに映っている顔がずいぶん若い。あ、それも当然だった。逆だったら怖い。

ビールを飲みなおしながら結局最後まで見てしまった。

ああいうアーカイブものはなかなかいいと思う。すくなくとも現在やっている民放のアホバカ番組よりは見ていられる。

通販番組もいっぱいあってびっくりする。けっこう面白いものもあるが、同じものばかり繰り返しやっているので単純に飽きる。

そうであってもずっといろんな局で続いているのは通販番組をちゃんと見ている視聴者がいて「いまから三〇分以内にお申し込みいただければ、コレとアレとソレもつけてしまいます」などと煽るのが多い。

村まつりなどでむかし見た香具師（やし）が電波化しているわけだが、扱っている商品の大半が女性の美容、おしゃれグッズ、ダイエット関連などなので、オヤジには面白くない。テレビ香具師は、まつりや縁日的工夫がないから、どうしても「タレ流し」の印象になる。でもそれでもずっと続いている、ということは、あれで購入している人が本当にけっこういる、ということなのだろう。

ならばこれからはもう少し工夫していただけないだろうか。

同じテレビ香具師でも、なにが売られるかわからない、というのがいい。ある番組は「古い絵」専門とか「古地図」専門とか。

「お宝鑑定団」は面白かったから、あれの「売る」やつみたいなものだろうか。テレビオークションという構図でもありますな。

でも、望みとしては、その人が持っているもので「儲けるために売る」という理由の人や「金がなく、家にある金目のものはもうこれしかない」というものを、その人の人生とともに語り、それに感動して買ってしまう、というのもあっていいような気がする。

番組によって、局によっていろいろな「専門化」がなされればバーチャル商店街、あるいはなんとか市のようになり、さして目的もなくそこを歩いていく、という楽しみが生まれるかもしれない。

苦あれば楽あり苦あり

毎年、一二月のはじめから中頃にかけて、モノカキ業界には、年末調整じゃない年末進行というのがあって、年末年始に出る雑誌や本のために締め切りスケジュールが前へ前へとでっぱって、あるいは圧縮されてきて、集中的にいろんな原稿を書かねばならない。

三五年も同じことをやってきているので慣れてはいるのだが、オーバーワークになるから自宅カンヅメ態勢をとる。

モノカキのカンヅメを「缶詰」と思っている人がけっこういるようだが、むかしの文豪、巨匠などが温泉旅館か何かに連泊して原稿執筆することからきているので「館詰」というのだとぼくがモノカキになったばかりの頃、聞いたことがある。そうだろうなあ。サンマやイワシじゃないんだから「缶詰」なんていったら巨匠は怒るぞ。

しかし、ぼくもこのカンヅメに憧れた時期がある。モノカキになって間もない頃でしたな。

都市ホテルにカンヅメになった。でも実際の話、移動する時間がまずもったいない。それからめしを食うのにいちいちちゃんとした恰好をして靴まで履いてレストランにいく、というのは相当面倒くさい。ルームサービスがあるけれどあれは高いだけで詐欺的にまずい。ただのカレーライスが三二〇〇円だったのを覚えているぞ。でもってライスもカレーも冷めている。そうしてくれと特に頼んだわけでもないのにカレーライスのまわりにいろんなものが付随している。

調味料四種類とか福神漬けにラッキョウにピクルスがそれぞれ別の器に入ってうやうやしく並んでいる。サラダに冷たい水。つまりですな、このようにカレーライスフルコースなので三二〇〇円です、と言っているのだ。

でも実際に食うのはライスにカレーをぶっかけてせいぜいラッキョウ二ケぐらいでもういいのだ。要するにこういうのがホテルというところ特有のこけおどし作戦なんだろな。

あまりの不便さに三日で退散した。まあそれでもこの体験で、自宅にこもって集中したほうがよほど効率がいいのだ、ということを早々と知ったわけである。

で、今度も完全な自宅隠遁勤務状態になった。いまがその真っ最中で、この一週間、ぼくは昼夜を入れ替え、昼間少し寝て、夜は明け方近くまでずっと起きて仕事している。雑誌などの連載だけならリズムができているからこんなに時間はかからないが、一月に二冊の新刊、三冊の文庫が出るので、それらの校正やら最後の仕上げ、などというイレギュラーな仕事が加わった。

だから世の中のことは殆ど関心を持っていられず、愚直に真面目に働いていたのだった。そうなると困るのはこういうコラムに何を書いていいかわからなくなってくるということだった。要するにネタ切れ。ガス欠。原稿執筆のメカニズムがへばってきている、というわけだ。

それともうひとつ、自分の書いている話と現実的世間の進行とのギャップというか、タイムラグなどというものを通りこして季節感の絶対ズレみたいなのがおきてくることだ。

ぼくが昨夜書いていたのは、世の中とうに年をこしていてもう春になっている。野山には若い緑がひろがり、梅の花などずっと前に散って、だいぶ桜のつぼみもふくらんできている。そういう時期に話を書いていたのだ。

あざ笑うようにちょうど気温がぐっと下がった日だった。午前四時ぐらいに寝ることにしたが、不眠症なので睡眠導入剤を飲みベッドに横たわる。あんなつまらない原稿を書いていたのにそれでもアタマのどこか芯らしきところがそれなりに高速回転しているらしくなかなか寝入ることができない。

普段ならじゃあ起きてその続きを書くか、ということになるが、連日の原稿書きで体が疲れているから、それでは翌日のローテーションがかなり乱れることになる。プロ野球でいうと「ナカ三日」の予定だったのが「連投」ということになる。肩をこわしますな。

これはなんとしてもねむらないといけないので、あまりやってはイケナイというサケの助けを借りる。いまはウイスキーのお湯わりだ。これはキク。

昨夜というか今朝というか。つまりそういう寝方をしたのだった。睡眠時間にして三時間半。ヨレ頭はそれでもいくらかチューンナップされている感じだ。

朝めしを食う前に新聞をパラパラ見る。なんだか最近の大手新聞はカラー見開き広告が増えていて、カラーであるだけにかえって汚い紙面に思える。

今朝のそれは見開き二面に「おせち料理」がドバーンとえらく派手にえげつなくひろがっていましたな。スーパーのチラシみたい。ぼくがいまいる（書いている）世界は、梅の花も散り、桜のつぼみがそろそろふくらんできました、というところなのだ。でも世間はこれからあのアホなクリスマス騒ぎがあって紅白歌合戦があって除夜の鐘が鳴って、という進行度合いなのだ。

それにしても「おせち料理」の広告、派手に盛り込みすぎてまずそうですなあ。今朝見たのは大きな蟹をやたら強調している。それならほかのカマボコとかキントンなんかどうでもいいんだからそのぶん蟹にそっくり回して全部蟹おせちにしたらいいんじゃないのかなあ。いやもうそうなったら「おせち」も本当はあまり意味ないから「蟹ざんまい」とかなんとかでいいんではあるまいか。いや、別におせち料理に恨みも何もないのだけれど、こんなものを朝から見せられてわがアタマのなかの桜のつぼみのふくらみをどうしてくれるんだ、という気持ちがありましたからね。

この年末進行は二〇日ぐらいで終わり、そのあとは例年まるでガラーンと暇になってしまうのだ。世間が忘年会だクリスマスパーティだと一番けたたましい時にガラーンだ。

今年は島に行ってこようかと思っている。親しい漁師がいて漁師小屋に泊まれる。漁師小屋というのはストーブの上でいつも何かとびきりうまーいもの（例＝伊勢海老）などが焼かれていたりして、本当は贅沢なのである。蟹おせちよりずっとうまいと思う。何しろとりたてなのだ。しかも古いつきあいの漁師だから何匹でもタダ。

そのあとはもう今年で一四年目になるが、福島の海岸に仕事を終えた親父二〇人ぐらいが集まって二泊三日、名付けて「年末粗大ゴミ合宿」がある。海岸清掃焚き火処理をしようとすると行政の人に怒られる。だから崖下に行っての秘密の焚き火。この年末の慌ただしい時におれたちいったい何をしているのだろう、という虚しさがもうこうなるとしみじみいいんだなあ。

お掃除ロボット「ルンバ」に恋して

だいぶ前、掃除ロボットが発売されたときに「おおっ」と思い、しばし迷った。こういうものが必ず出てくるだろうと思っていたが予想していた形態とだいぶ違う。円盤状というのが気になった。この丸い形でどうやって埃(ほこり)がたまりやすい部屋の隅の奥まで掃除できるのだろうか。という単純な疑問である。

「女房(下女だったたか)は四角い部屋を丸く掃き」なんてことになるんじゃないか。「ルンバ」という名称からこの丸いやつはグルグル回るんだろうな、という見当はついた。しかしけっこうな値段であり、すぐさま買うというまでにはいかなかった。

すると昨年の冬に、ぼくの作家生活三五年、という節目を祝ってくれるイベントがあって二〇〇人ぐらいの読者が集まってくれた。

その主催者であり日ごろのあそび仲間の連中が記念品として「ルンバ」をプレゼントしてくれたのだった。

興味はあるけど買うほどまではどうかなあ、というモノはこんなふうにしていきなり「もらう」のにかぎりますな。

しかし間もなく暮れになり正月になり、いろいろ慌ただしくなった。そうしてある程度世の中が落ちついてきた先週、この「ルンバ君」をはじめて箱から出した。赤くて丸くてけっこうずしりとしていて左右に白いヒゲなんか生やしている。先入観によるのだろうが、なんだか動物的というか昆虫的。宇宙からやってきた巨大なてんとう虫のようにも見える。「ダストステーション」という充電台があり、本体は壁際のこのステーションにおさまってじっと黙って待機している。

全体のたたずまいが「いつでもどこでもすぐいきます!」というヤル気に満ちているのだ。初いやつよのう。さっそく働いてもらうことにしたが、その前に部屋のなかにいろいろ置かれている、ルンバ君の通行をさまたげるものを片づけておく必要がある。

ぼくが仕事している部屋はL字形をしていてけっこう広く、三つのテーブルと鉢植えの観葉植物などがやはり三箇所に集まっていて、これのまわりを通っていけるよう「通路整備」をしなければならない。椅子は全部で一二脚。動かせないのが一脚。それにソファ。

これらをずらしたりテーブルの上に置いたり壁際にある電話台を移動させたりでけっこうやることがいろいろあるのだ。やや疲れる。

「ひいはあひいはあ……」

それからいよいよ「ルンバ様」のご出動だ。スイッチを入れると喋る。なんとこのヒトは女だった。

その女性ルンバ様は「自動で運行します」というようなコトを言った。歳の頃なら三〇半ば。結婚して第一子をさずかり、保育園に預けているあいだのパートという感じだ。「自動モード」というのにはけっこう決まった清掃行動パターンがあるようで、最初から何やら確信をもって直進していく。めざしているのは大テーブルの下だ。こういうものの下にホコリがいっぱいあるのよ、ふふふ、などと言っている。「かしこい、かしこい」。心配した部屋の隅の埃も強烈な吸い込み機能で問題なし。

ぼくは仕事も放り投げて拍手する。あちこちクルクル回りながら丁寧に埃を吸い取っていく様子が健気でなかなかいい。さすが人妻なのだ（きっと）。ところがひとつだけ電子配線的に動かせず、床に置いたままになっている椅子の下に入りこみ、どういうわけかそこから出られなくなっていた。そこに入ることができたのだから絶対出られるはずなのに彼女はクルクルとルンバを踊りながら「アレー」などと言いつつ捕らわれの身になっている。これが三〇半ばの女性ではなく野太い親父の声だったらどういう印象をもつだろう。

最初「ほんじゃま、しゃーねーなー。いくで」などと言ってやつは出発していくのだろう。「アホなゴミばかりやな。こういうの先にどかしといてくれへんか」などと本末転倒なコトを言うかもしれない。何しにきたんじゃお前は。そうして今みたいに椅子の下にはまりこんでしまった場合はどうなるか。しかしなんでこの親父、関西弁なのだ!

「なんやこれ。外に出られへんわ。どないしてんねん」

「もう一五回転してるで。出るとこあらへん。あんちゃんそろそろええかげんにせえへんとこの部屋みんなぶちこわしたるで」

ぐらいのことは言っているような気がする。椅子の呪縛(じゅばく)からなんとか脱出した女のルンバは今度はソファの下にもぐりこんだ。こちらから見えないところで足でも舐(な)めているのだろうか。いやネコじゃないんだからそんなことはないだろうけど、ソファの下はいかにも働きがいがありそうで、なかなか出てこない。やや心配になった頃、一番端のほうから出てきた。おお、健気にも背中が埃まみれだ。ソファの四辺から垂れているカバーの埃だろうか。相当な収穫があったらしく、こころなし動きにさっきより活気があり誇りとリズムを感じる。一緒に踊りたくなったが、これまさかさっきのおっちゃんになってるんじゃないだろうな。

ボタンを切り替えたらさっきのおねえちゃんが「手動に切り替えます」と言った。よかった。同じ人妻だ。

手動にすると矢印があって前方と左右への方向コントロールができるが、バックギアはないようでその三方向で操縦しなければならない。でもルンバの触覚はちょっとどこかに触れると敏感にクルクル回ってしまうので、慣れが必要だ。それにスピード調節ができないようだ。AルンバとBルンバを向かい合わせに二台おいてぶつかった場合たぶん「押し相撲」状態になるだろう。そこには当然「女の意地」が加わるような気もするからもう掃除どころではない。

「あんた、そこはさっきわたしが綺麗に仕上げたところよ。なんであんた厭味(いやみ)にまた同じところをやってんのよ」

「あそこは吸引し残しの埃がいっぱいあったのよ。ったく。杜撰なくせして。その埃の中に女の髪の毛があったわ。あんたのでしょ。みっともないと思わないの。このすべた」

「キーッ」

などといってAルンバとBルンバの熾烈なタタカイがはじまる――なんてことはないか。でもこれからぼくはうまくルンバとやっていけるような気がする。新しい生活意欲、労働意欲が生まれるような気がするのだ。

原稿なんかを書いていると同じ部屋で一緒に働いているんだな、というほのかな共感を得ることがある。同僚意識だ。オフィスラブなんてコトバもチラチラする。「がんばろうね」。ランチの時間が待ち遠しい。

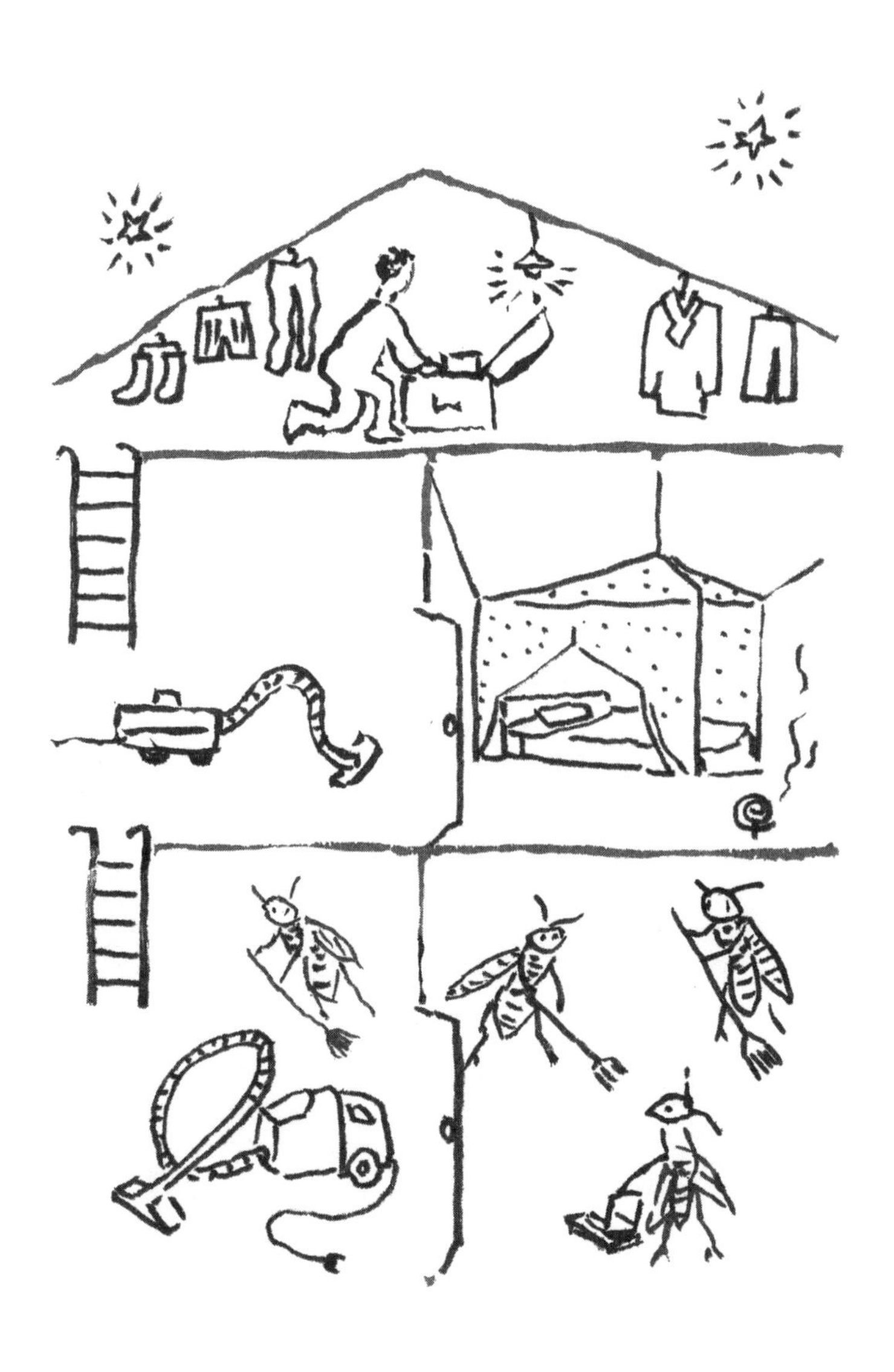

冬の夜の映画話

寒い夜、退屈だから映画の話でもしましょうか。数日前、ロバート・アルトマンの『ロング・グッドバイ』ＤＶＤ版が手に入ってしまい、数日間日本に帰国中の娘とゆっくり見ていた。

劇場で見はぐったので最初は売り出されてすぐのベータ（そんなのがありましたなあ）で見て、次にもっと解像度のいいレーザーディスク（そんなのもありましたなあ。途中で裏表ひっくり返すのが面倒だった）で見て以来だった。

あの映画は同じメロディがモダンジャズ風だったりブルース風だったり低い音のピアノソロだったりといろいろリフレインされていき、スタイリッシュというのでしょうか。カッコいい。主人公のフィリップ・マーロウはハンフリー・ボガードの作りすぎのハードボイルドスタイルのマーロウと違って、飼い猫とブツブツおしゃべりしているところからはじまって最後のほうまでいつも独りごとを言ってるのがいい。マーロウのアパートの向かいに五、六人のほとんど半裸の娘がいつもベランダで酔っぱらいのヨガみたいなのを踊っていて、それもエキセントリックな風景づくりになっている。

フラフラ娘らは外出するマーロウに「ナントカ入りのケーキを買ってきてよ」などと頼むのだが、英語を聞いて同時に字幕を見ている娘が「軽い麻薬入りのケーキを頼んでる」と言った。

字幕では「どこそこのケーキを」としか出てないから、このふらふら踊りの娘らが全員でラリっているのはいままでわからなかった。アメリカに二〇年も住んでいると映画の見方も深くなっていていいなあ、とぼくは悔しがった。

この映画が好きなところは画面がいつもゆっくり動いているところだ。むかしぼくもヘッポコ映画を何本か作ったことがあるのでわかるのだが、映画は基本的にフィックス（固定撮影）の積み重ねでできている。そして主人公の動きを追うように画面が動いていく基本の三カットで構成されている。だからいつもフラフラ動いている映画は映画以前のシロウトテクニックだ。この映画は、実は掟（おきて）やぶりのソレをやっていて気をつけて見ていると常に画面が動いている。でも違和感はない。この斬新な映像テクニックにもまいった。

何度も見ているる映画はいろいろあるがジャック・タチの『ぼくの伯父さんの休暇』もその一本。

モノクロスタンダードの古い映画だが、古きよきフランスの田舎の海浜キャンプ場を舞台にくりひろげられる「おしゃれでバカでカッコよくて、ノスタルジックで、もうたまらない」という映画だ。

いま全盛期のハリウッドのCG使いまくりのド派手映画が子供だましということがよくわかる。

このフランス映画も、知らないうちにいつのまにかテーマミュージックみたいになった曲がリフレインされているが、音楽はずっとひかえめだ。

ジャック・タチ作品はボックスまで出ているが、その他の作品はあざとさが出てきて、とくにカラー作品はどれもいただけない。いいのはこのほかには初期の短編二本ぐらいだろうか。

カラーでないと絶対あの効果は出ないシーンの代表的なのは『アラビアのロレンス』ですな。変わった性格の将校でもあるピーター・オトゥールの得意技は、火のついたマッチを指でもみ消すことだ。何人かの前でしきりにそれをやる。

いよいよ砂漠の戦争に乗り込んでいく会話のときにピーター・オトゥールは、いつものように火のついたマッチを画面中央にもちあげ、それをいつものように手でもみ消すのかと思ったら「フッ」と吹き消す。

次の瞬間、画面は太陽で真っ赤に燃える無音の砂漠のシーンになる。巨大な七〇ミリの大画面いっぱいの沈黙した赤だ。

あのカットワークは当時世界中の映画人が悔しがったのだろうなあと思った。戦火はもみ消されず、吹き飛ばされる、の暗喩(あんゆ)だろうか。

日本に七〇ミリ映画専門館がなくなり、本格的な巨大画面に六本サウンドトラック(音源が六つに分かれて再現される)という超大作を自分の眼で見られない現代の若者は気の毒だ。『ベン・ハー』などは大劇場大画面でなければ見ては失礼だ。ぼくはテアトル東京で何度も見た。一年間やっていたからね。

あの頃の画面は横幅二四メートル、縦九メートル、奥行き六メートルもあった。画面が湾曲していて真ん中のスクリーンが奥のほうにあるので「奥行き」と表記されたのだ。

映画は一カ所でも生涯忘れえないシーンがあれば成功、と言われる。たとえば『シェーン』だ。流れ者のアラン・ラッドと悪党のジャック・パランスが最後のほうで一対一の決闘をする。あの全身黒ずくめのパランスは迫力があった。長い沈黙のあと乾いて鋭い拳銃の音。ワイオミングの原野にその音が透明な澄んだ音でひろがっていく。

やがて去っていくシェーンにむかって少年が「シェーン、カンバーック！」と叫ぶ。「映画のラストシーン、どれが一番かコンテスト」なんかやったら、こういう詩情溢れるものが強いんだろうなあ。

でも、おかしくて面白くて忘れられないラストシーンもある。ぼくがやはり何度も見たビリー・ワイルダー監督の『お熱いのがお好き』がそれだ。トニー・カーティス、ジャック・レモン、マリリン・モンローという豪華顔ぶれの、基本的には喜劇だ。最後のたたみかけるような大笑いの連続を文字で表現することはできない。まだ見ていない人は、どんなユーウツ症でも笑いをこらえることはできないだろう。

映画監督で一番好きなのはリドリー・スコットなのだが、まだそんなに有名ではない頃見た『ブレードランナー』は新宿の一流館だったが客は三割ぐらいしかいなかった。

あれはＤＶＤが出てきたらヒットしたんではないだろうか。まだＳＦにそんなに市民権がない時代の映画で、冒頭シーンは完全に日本と香港あたりのイメージだ。この映画では寿命のきれたレプリカント（ロボット）が闘いのあとに雨に濡れながら窓に座って死んでいくシーンがよかった。

ジェームズ・キャメロンが火をつけた『エイリアン』ものはこれ一作だけにしたらよかったのに、と思う。あれがエイリアンの基本スタイルのようになったのか、そのあと出現する宇宙各所からのエイリアンがみんなあれのように体や体内からずるずるベトベトの脂だか酸だかをたらしまくっている。あんな脂まみれの手や指で精密な恒星間ロケットをよく操縦できたもんだ、という疑問が常にあったものなあ。

日本一、勝山左義長まつり

毎年、あわただしい年末年始がすぎた頃、必ず迷うことがある。スケジュールノートをしっかり見て、まずは物理的に可能かどうか、ということを確認する。

毎年二月の最終土、日、福井県の勝山市でおこなわれる「勝山左義長まつり」に今年は行けるかどうか、できるだけ早く判断しなければならないのだ。

列車や宿の予約をしておかないと、行ったはいいが寒空でブルーシートにくるまっていなければならない――なんてまあ現実的にはそんなことはないけれど、行く前からこころ浮き立つ「冬の旅」の準備がはじまる。

数年前、あるグラフィカルな立派な雑誌の連載で日本各地の有名、無名の祭りを取材して歩いたことがある。

するとその町の殆どのひとがみんなして一年がかりで待っている、といういやはや熱い魅力に満ちた「あまり知られていない」すばらしい祭りにであったのだった。それがこの勝山の、冬から春へ移り変わる時期の幾多の願いをこめた左義長まつりだった。感激し、翌年も雪山の中の祭りを再訪した。

この祭りは三〇〇年前からはじまっている。町のそこかしこに二階だて高さ六メートル前後はある立派な櫓（やぐら）がひっぱり出されてきて、その上で法被か長襦袢（じゅばん）をきた老若男女が三味線や歌にあわせ、それぞれ自分のアレンジも加えて自由に太鼓を叩き歌う。ちからのこもった掛け声がとぶ。両手に持ったバチはまんなかを持って手指で踊らせるようにたたく。長さ二〇センチぐらいなので子供でも扱え、ここでは「叩く」とはいわず「浮く」と言う。全身を曲のリズムにあわせて踊るように叩く（つまり、浮く）。ひとつの旋律がとてもながい。三〇分ぐらい続くことがある。

でも飽きることはまったくないのがいつも不思議な魅力だ。そのここちよい旋律はいつしか聞いているこちらの全身にしみ込んでしまって、もうそうなるとこの山深い雪国の人と、旅人のこころは一体化している。

太鼓のまわりには何人も「浮き手」が待機しているから三〇分連続していても次々に五分ぐらいで「浮き手」は交代され、かえってイキオイをましていくようなところがある。

町の中にはその大きな一二基の櫓が引き出され、櫓によってリズムやテンポ、イキオイや即興的振り付けなどがみんな違うので、全部見て回るのは大変だが変化がわかって贅沢に堪能できる。

この祭りに遭遇してから数年後、ぼくは東京の仲間によびかけて貸し切りバスを仕立て、四〇人ほどでおしかけたコトがあった。

このときは少し小雨がぱらついたが、この祭りは星空ももちろんのこと、雪の降るなかでも断然風情がましていい。ドシャブリのときもあったがそれもよかった。もうみんないい。ぼくがこの祭りにこんなに惚れ込んだのはいくつもの理由がある。

最大のものは町の人が自分たちの「ヨロコビ、楽しみ、希望」を持っているのが全体にみちあふれているのが見えることである。

櫓の上のお囃子はみんなめちゃくちゃうまい。子供の頃から親から継がれて身につけたものだろう。太鼓を「浮く」老若男女も、みんな喜びにみちて笑顔だ。

それらの人々が全員櫓の前の観客に笑いかけている。全体の規模が大きな祭りではないからひとつの櫓の観客は五〇人からとびきり多くて三〇〇人ぐらいだろうか。この「こぢんまり」ぶりがいい。送り手の祭り演者と受け手の観客が完全に一体化している。夜も更けると踊りだしている観客もたくさんいる。

二年半ほどかけて全国の有名、無名の祭りを取材してきたのだが、こんなふうに本当に心にひびく、人間の感情を揺さぶるような祭りは、まあめったになかった。

多くの祭りは、そこに押しかけるようにしてドッとやってくる観光客のために「祭り当事者がやらされている」という印象ばかりうけた。どうみても祭りの当事者が心から喜び、楽しい顔をしていないのだ。せいぜい酒でも飲んでわしらも酔っぱらっていくか、なんていう顔だろうか。

ネガティブな話で恐縮だが、有名な「おわら風の盆」を取材したときはびっくりした。ここも小さな町だが、観光客がすさまじい。

ぼくが行ったときは人口二万人（当時）の八尾町におしよせてきた観光客が二五万人と聞いた。町は全体が演出上暗くしてあり、まだ目が闇に慣れないうちにあるきれいな通りを歩いていたら真っ暗な両側の民家の左右から怒号をいっぱいあびせられた。よく見ると名所らしいその通りは道の左右の家の前にびっしりと、しかしおののくほどの緊張感にみちて見物観光客が〝ねそべって〟待ちかまえていたのだった。祭りに怒号はヤボである。

少人数でひっそりやってくる胡弓や三味線に、枯れて年季の入った「ながし」の風情はまことにすばらしいが、しかしその道の左右の暗闇はじつに緊張感に満ちた人々が何百人もじーっと待ちかまえているのではある。なんかコレ違うだろう、と率直に思った。

たぶん旅行会社が無制限に客を呼び込んでしまっているからではないか、とおもった。本当の話は知らないが、宿が足りなく、その期間、普通の民家のタタミ一畳分が一万円（毛布なし）で貸されていると聞いた。いたるところを歩いても、緊張した観光客が暗闇にいる。こんなの「祭り」じゃない、と思いましたよ。

もうひとつ、祭りというには何かヘンじゃないのか、と思うのは札幌などで行われている「よさこいソーラン」というやつ。阿波踊りの「連（れん）」のようなグループがいっぱいあって、これが派手かつ国籍不明のなかなかすんごい衣装をユニホームにして札幌の大通りをガンガンの音楽とともにパレードだ。

よほど練習を重ねているらしく、どれもすばらしいが、なにかどうも面白くない。

みんな元気があって派手でときおりピタッと見事にキメのポーズがでたりする。すごいけれど、やっぱりどうも面白くない。

やがてその理由がわかってきた。

みんな真剣すぎるのだ。彼らは必死で「どうだまいったか」といっているのはわかるけれどこの「どーだ！」感というのは祭りには必要ないのではあるまいか。

浅草の三社祭りはよくみるが、終始威勢がいいのはもちろんだがとくに「どうだ！」というところはない。「よさこいソーラン」がもっとダラダラしたら面白そうだけれどなあ。

こんなことを書くと北海道新聞が必ず嚙みついてくるのだ。

郷土愛は大切だけれど北の記者は一度勝山に行ってみるのをおすすめします。

雑魚釣り隊、ピカピカアジで大宴会

またもや雑魚釣り隊の話。

ぼくはこの目的のはっきりしない（何を釣りにいくか）（今回どこにいくのか）というのが当日まではっきりしていない月一回のキャンプが楽しみだ。あまりキマリ事をもたない、というのはこのグループ以前やはり一〇年ほどもやっていたもっと目的のない「怪しい探検隊」のときからのやりかたではあったが。

いいかげんきわまるこの連中とどこかでキャンプをして火を囲んで流木に座り、昼なら太陽、夜なら焚き火を眺めてじわじわ酔っていく、というのが最近の我が人生の大事な句読点になってきたような気がする。

釣りは海外遠征に出るまで若い頃は好きだった。南の島に行くことが多く、メーター級のサワラなんか釣った。カヌーで流しているだけだけれど、魚がたくさんいるから勝手にかかってくるのだ。

日本でも初期の頃はカツオの群れをねらって漁船の先頭にたち「そら、あそこにナブラが連続三つたっている！　二〇〇匹はいる。行けー船頭！」などと叫び、実際にそこそこ釣りあげていたが、だんだん年寄りになってくると「カツオの気持ちになってみろよ。いきなり口の中に先のするどくとんがった針を突っ込まれるんだぞ。我々にとっては小指の先くらいの大きさの釣り針だけど、我々自身がカツオぐらいの大きさになっていたら――と考えると、五寸釘ぐらいの鋭利にとがったやつが上顎だの下顎だの、まれにノドブクロなどにひっかけられてひきあげられ強引に甲板に叩きつけられる、ということになるんですよ。そういうコトも少し考えてあげないと。いかんでしょ！　コホン、なむあみだぶつ」

などと魚権擁護派的意見を言うようになった。でも、釣りあげたカツオは喜んですぐ食ってしまうけれど。

いまのところ釣りの名人は自分たちが釣りあげたこのいろんな種類の要するに「雑魚」をいつでもうまくさばいてなんらかの料理にしてくれる「ザコ」というできすぎのあだ名（小迫と書く）のミュージシャンと、イカならいつでもイカなるところでも釣ってきます、という通称イカ太郎の近藤コンちゃん。

みんなが本当に雑魚しか釣らないので業をにやして昨年「雑魚釣り隊内――釣り部」というわけのわからない精鋭チームを作ったのが岡本。この人は一流企業のエリート社員なのだが、人生の八五パーセントはサカナのことしか考えていない、という、何を考えてんだか（いやサカナのことを考えている）不思議な奴で、精鋭五人の突撃隊長になっており、実は三日前にキャンプがあったのだが四〇センチ強のギラギラ光るアジやサバやタイを沢山釣ってきてわしらにはサカナ屋なんかもういらない宣言をした。

こういう獲物があると知って名古屋と関西から必ず参加している天野、藪、川野、松丸らが「ほんまにええで」「いつもうまくてたまらんわ」なんて言って皿を囲む。

関西勢の一人である川野が右手の親指から甲のところに白い「貼りもの」をしている。聞いたら「痛風」だという。川野は飲み過ぎ食い過ぎで痛風歴一五年。代表的な足指関節などとうに何度も腫れさせており、この数年は膝とか腕までことわりなしの侵攻を許していて「次にどこが出てもかまへんわ」とひらき直っている世界でもめずらしい「全身痛風男」なのだ。

酒飲みの我々は、いつでもその方面に参加するチャンスじゃなかった「いまそこにある危機」に直面しているのでしばし川野の涙の闘病人生を聞いた。

釣り部の精鋭の一人である斉藤海仁は「釣り雑誌」の編集長もやっていたくらいで知識、技術ともに国際級だ。

このあいだそいつと北大西洋のフィヨルドの荒波にもまれて一緒に鱈を釣りに行った。ぼくが一匹釣る場面が欲しいというのだが（ドキュメンタリーなので）いきなり行ってすぐに釣れるものじゃないしなあ。熟練漁師が針先にちょんとひっかけた竿を渡してくれて、あたかもぼくが釣ったような場面を作っていたが、海仁は時間的にわずかなチャンスにちゃんと一匹しとめていたからたいしたものなのである。

西沢という四〇代後半になる無頼漢のような幹部（ナンバー2）は、長大な投げ竿にでっかいオモリと餌をつけて、堤防の端からなにかの投擲競技のように長靴の音をどどどどっと轟かせ、重い仕掛けがどのくらい飛ぶのかいつも挑戦しているが、せっかく海の中にいたオサカナさんもその軍靴のひびきのような音に怯えてただちに四方八方にとびちり、堤防から彼のいう巨大魚を釣りあげる姿を誰も見たことがない。

この雑魚釣り隊は三〇〜四〇代の層が充実していて、じいちゃんのぼくとしては何もせず、海を見ながら「海だなあ」などといいつつポケットウイスキーを飲んでいればいいのである。

この五月頃に我々は台湾の知られざる「島」に遠征する予定なのだが、そのドレイ組織の「長」通称「ドレイ頭の竹田」が、いま台湾にわたって実情調査をしている。知られざる台湾の「小島」にいきたい、と思っているのだが、日本ではなかなか情報がない。本質的には台湾はまだ戦争状態の国で、中国側の海岸をいくとけっこう警戒が厳しい。そこで反対側の海岸線沿いのよさそうな島をさがせ、とぼくは言ったのだが、果たしてどうなるだろうか。

我々のチームのドレイには現職の弁護士「田中」がいるのだが、ドレイの弁護士でなにかのトラブルが回避できるのだろうか。

こっちのほうの「乱入シリーズ」は「書き下ろし」で、すでに『北海道乱入』『済州島乱入』（ともに角川文庫）の二冊が「雑魚釣り隊番外篇」として出ている。この台湾の南島乱入がその三部作のしめくくりとなるのだ。いや、そう決めてしまうのはまだ早い。全員なぜかこういう長旅になると異様に参加率が高く、二〇人ぐらいが半月ぐらい集団乱入してしまうのだ。

だからこの三部作をなしとげたら「カリマンタン」とか「インカ帝国」などにも乱入してしまうかもしれない。あっ、でもインカには海はないか。

巻末付録

交通事故顚末記

1 いきなりドカンと交通事故

トンネルの前で

いつでも誰にでも起こり得ることなのに、なぜか理由もなく遠い別次元のコトのようにぼんやり思っていることがいきなりわが身にモロに襲ってくる、ということが本当にあるものだ。

北朝鮮の弾道ミサイルが歩いている一〇メートル前の道にドカンといつ落ちてくるかわからないし、それよりも歩いていく道がなんの前触れもなくいきなり陥没して、その真ん中に落ちていく、ということもあり得る、と時々思うけれど数秒後には忘れてしまう。それよりも前に信号が赤にかわりつつある道路を渡りきることのほうが先決だったりするときだ。

その日、ぼくはタクシーで首都高速を新宿から箱崎の方向にむかって走っていた。渋滞もなく秋真っさかりの空気はここちよかった。都心のど真ん中に入っていくにしてはスピードの増減もさしてないし、予約した眼科クリニックの時間までまあ楽勝、などとかろやかな気持ちでいた。

都心に入るには途中に短いトンネルがいくつかある。そのひとつめにさしかかったときに前を行くクルマが急にスピードを落とし、やがていきなり止まった。二車線の隣の車線はいままでどおり流れているし、トンネルに入る直前にこっちの車線だけなにか支障があったかんじだ。どうしたのだろう？と思って助手席の背もたれにつかまって前方を見た。でもこちらの車線だけなにかが起きているわけでもなさそうだった。

ぼくの乗っているタクシーの前を行くクルマがなにかの都合で急停止しただけのようだった。五〜六メートルぐらいの車間をおいて走っていたわがタクシーは急ブレーキで危うく追突をまぬがれた。

するといましがたストップしたクルマが走りだした。どうもよくわからないがトンネルの名前を確かめていたように見えた。首都圏の高速道路では他県ナンバーのクルマに気をつけろ、とよく言われる。日本の道路行政の中でもっとも危険なのは行き先表示の文字が小さくてわかりにくいこと。だからはじめて首都高速に入ったらしき他県のクルマが分岐点の前でよく止まっているのを見る。たいがい時速一〇〇キロ、車間距離三〜四メートルでぶっ飛ばしている道路に経験なしで入ってくるクルマそのものが危険なのだ。そのときも高速道路を走りながら標識などブレーキを踏んで確かめるなよ！おい、と思った瞬間にガーン！ときた。

我々の後ろからやってきたワゴン車が追突してきたのだ。かなり激しいものだった。ぼくは体を前後に振られ、後部座席に頭をガツンと打ちつけられた。

「あっ、やられた」

と思った。そのとき我々を無意味にストップさせた前のクルマはもう走りだしていた。一番迷惑なやつがトットと逃げだしていたのだ。運転手はすぐに振り返り「大丈夫ですか？」とぼくに聞いた。まだ大丈夫かどうかわからない。むしろ運転手のほうが心配だった。ハンドルで胸を打っている可能性が高い。でも首は太いし体も頑丈そうだ。すぐにケータイで警察に連絡しているのがわかった。追突してきたクルマの運転手が降りてきてガラス越しにこちらの中の様子をうかがっている。

タクシーの運転手はそれから何本か電話していた。ぼくもハッと気がついてその日行く予定になっている虎ノ門の眼科クリニックに電話した。予約した時間に行けそうもない、という連絡だ。それからしばらくシートでじっとしていた。

やがてサイレンの音が確実に接近してきているのがわかった。こういうときの警察のサイレンの音はありがたいものだ。続いて救急車のサイレンだ。あとでわかってきたが、そのときぼくは軽い脳震盪を起こしていたらしく記憶が断片的なのだ。気がつくとストレッチャーの上に乗せられ頭の上に空が見えた。生まれてはじめてああいうものに乗せられ、自分の意思と関係なしに移動させられていく、というのは妙な気分のものだ。すぐに救急車の中に寝かせられると、首の後ろから前面まで覆うかなりごついコルセット（頸椎カラー）を巻かれた。それがけっこう痛い。でもまあ交通事故の対応としてはまず首を守る、ということが大切なのだな、と納得した。

救急隊員がどこの病院に運ぶか、担当医の有無、などということをテキパキ聞いている。事故によっては一刻を争う「命」の問題があるから、このテキパキは聞いていてここちいい。もっともそう思う意識があるからこっちはそんなこと思っていられるのだろう。

やがて目的の病院が決まり、わが救急車は走りだした。天井しか見えないのが残念だが、高速道路といえどもどんどん前の車を横によせてその間を疾走しているのだろう。

いつもそういう緊急自動車などに「どけどけ」とやられている経験しかない身としてはそういう光景を「どけどけ」の当事者として見ておきたいのだがこっちはストレッチャーに固定されている。その合間にも救急隊員はぼくの目の左右の動きや手足の感覚があるかなしかの質問をしている。すべて頸椎に関係する初期検査のようだった。

遠い記憶がよみがえる

ぼくが自動車事故にあったのはこれが二回目だ。最初は一九歳のときだった。

免許を取得してまだ一週間目の友人の運転するクルマの助手席に乗って両国から帰るところだった。

行き先は千葉である。東京は雨が降っていた。時間は深夜。クルマは快調に進んでいた。

ぼくもその数年後に免許を取得したので気持ちはよくわかるが、免許を取得するととにかく運転が楽しくてしかたがない。とくにすいている深夜の道路なんて最高だ。

千葉市に入ったあたりで雨は消えていた。ますます軽快に友人はクルマを飛ばす。幕張をすぎたあたりでどうも後部が左右に揺れているような気がした。二シーターのクルマだからリアウインドウから後部がよく見える。友人に言うともともと勝ち気な男だった。スピードもけっこう出ていたように思う。「わざと揺らしているんだよ」などと言って、ハンドルを軽く左右に揺すった。

あとでわかったが両国で降っていた雨は千葉ではミゾレになっていて、道路は薄く凍結していたのだった。小さな角度だったがかなりのスピードを出していてハンドルを曲げたのだからたまらない。クルマはほぼ横滑り状態で歩道に突っ込み、あわてた友人はハンドルさばきに夢中でブレーキではなくアクセルを踏んでしまったようだった。道路を蛇行し、まもなく歩道側のコンクリートの電柱に斜めに突き刺さるような格好で停止した。

まだシートベルトをそんなにしていない頃だった。我々もしていない。友人はハンドルに腹部を強打し、ぼくはバックミラーで頭と額を切った。頭は骨髄に達するような、スイカの叩(たた)き割りのような具合だったらしい。実際にそのときぼくは自分の指で傷の深さを確かめている。かなり深いがアドレナリンの噴出で痛さを感じなかった。

そのとき我々のクルマの後ろにタクシーが走っていて、その運転手が血だらけの我々を抱えて後部座席に乗せ、近くの救急病院に運んでくれた。深夜一時頃だったらしい。

運ばれたぼくの顔を見て看護婦が口に手をあてて驚いているさまをいまでも覚えている。まもなく医師がやってきた。無言で厳しい顔をしている。

「先生、ぼくの頭と顔はもとのように戻りますか?」と聞いた。

「いま君は〝生きる!〟ということを考えなさい」。叱責するような口調で言った。それを聞いてぼくはぐったりして意識を失った。

結果的にぼくは頭と顔を一七針縫ったが、外科的な損傷よりも脳内出血が激しく、絶対安静四〇日間。運転していた友人は内臓破裂で一時は死線をさまよったが七〇日の入院でとりあえず生還した。

ぼくも友人もあのとき通常なら命を失っていたのだ。でもぼくは柔道黒帯、友人は空手をやっており、人生の中で一番体が頑健な時期でもあったのだ。そして幸運という言葉だけでは片づけられないのはそんな夜中に空車で走ってるタクシーがすぐ後ろにいてぼくたちをひきずりだし、後部座席に乗せて運んでくれたことだった。さらにタクシーの運転手が近くの救急病院を知っていたのも幸運だった。あとで聞いたが運転手は我々を降ろすと名も会社も告げず、すぐに立ち去ったという。

そのタクシーがなかったらぼくの命は一九歳で終わっていたはずだ。運び込まれるのがもう三〇分遅かったら二人とも死んでいた、とあとで医師や警察に言われた。

三時間待ち

さて現在の事故だ。ぼくは虎の門病院に運び込まれた。ずっとストレッチャーに固定されているからいろいろ複雑に動いていく天井の蛍光灯と曲がり角ぐらいしか様子がわからない。すぐに首から下のレントゲンを撮られ、その結果が一〇分ぐらいで出てくる。それからストレッチャーから降りて医師の前に座った。傍らに早くもさきほど撮られた大きなレントゲン写真がある。

「写真では頸椎の深刻な問題はないよ」

医師は言った。それから目玉の動きを見、手足にハリのようなものをあてて反応を聞く。指の動き、首の動きを的確に調べていく。

カーテンで仕切られていたがぼくの隣には一緒に事故にあったタクシー運転手が座っているようだった。聞こえてくる医師との会話ではかなり重症のようだった。事故の直後は元気なような気がしたが、いまは医師の質問にもあまり明確に答えられないようだ。気の毒だった。そうしている間にもあとからどんどん救急患者が運ばれてくるのでぼくのようなものはもう帰っていい、と言われた。ただし一日の経過の変化を見るので明日九時に外来患者として診察をうけるように、と言われた。

そこで翌日八時には受付に行ったがもう行列ができていた。よくわからないまま受付をすませ整形外科の待合の椅子にかけて待っているとあとからあとからどんどん患者がやってきてカードのようなものを受付箱のようなものに入れている。ぼくはそのようなカードもなく指示もなかったのでどうしていいかわからない。やがてそれは予約患者のカードらしい、ということを知った。

圧倒的に老人が多い。ぼくは一番最初にやってきたので診察も早いだろうと思っていたのだがぜんぜん呼ばれず、あとからきた常連のような人がどんどん診察室に呼ばれていくのを見ているだけだった。一時間待ってもあとから来た人が先だ。二時間ほど待っていると隣に座った老女が「あなた、足を組んで座っているけどおやめなさい。ふくらはぎは第二の心臓と言われているんですよ。だからそんなふうに足を組んではいけません」などと怒られてしまった。

結果的にぼくは最後のほうに呼ばれた。三時間ほどかかっただろうか。

整形外科は老人の患者が多いのに驚いた。整形外科以外にも見回せば老人が圧倒的に多い。日本は本当に老人社会になっているのだな、ということを目のあたりにした。やがてぼくも予約制というシステムを知ったがどうして最初の診察のときに教えてくれなかったのか不満だったが、まあ救急患者がたくさんやってくるところなので仕方がなかったのだろう。どうしてもみんな競争のようになってしまう。松葉杖をついた人など、見ていてハラハラする。病院の中も今はサバイバルの場と化しているようだ。

2 「高齢者講習」を受けてみました

コノヤロ気分のはじまり

ある日「親展」と書かれたいかにもイヤーなかんじのハガキが届いた。差し出し人は警視庁。すぐに「逃げる」という語句が頭に浮かんだが、それにはすぐさま荷物をまとめる必要がある。「しかし落ち着け」とぼくの空気頭のどこかが言っている。「まずハガキの中身を見ろ」。続いてそう言っている。そうだよなあ。赤い文字で「免許証更新のための講習のお知らせ」と書いてある。

ついに我にもこいつがきたか。それまで同じくらいのじいちゃん同士でサケなど飲んでいるときの話でときどき話題になっていた。

七〇歳をすぎての免許更新の前にはいろいろ事前の試験があり、それを通らないと免許更新できないらしい。

「どんな試験があるんかなあ？」

「なんでも試験用紙にいろんな絵が描いてあるらしいよ」

「どんな絵？」

「えーと。バナナ、スイカ、ダイコン、ノコギリ、マヨネーズ、ラッパとかね」

「なんだそれ？」

「これらの絵のなかで食べられないものにシルシをつけなさい——という設問らしい」

「幼稚園のテストかよ」

「まあ、高齢者だからものの認識度合いを調べるんだろうなあ。運転しながらラッパ吹いてたらあぶないだろうし」

「なるほど」

そこで納得しちゃう我々は早くもあぶない領域にいるようだがそれでわかったのは、そこにいたじいちゃんたちはまだ誰もそういう講習を受けていない、ということだった。しかもその講習のくわしい内容はあんがい知られていない。そこでぼくはとにかくそれを受けてみることにした。

ハガキには都内四七カ所の教習所の連絡先一覧がある。そこで一番近いところの教習所に電話した。

「まだ免許更新にはだいぶ間がありますからもうすこし近くなってから改めて申し込んで下さい」

そういう事務的な返事がかえってきた。

まあそうだな。そんなに焦らなくてもいいんだよな、とまずは軽く納得。

それで二カ月後にまた電話した。

「申し込みが混み合っていますからかけなおして下さい」

今度はそういう返事だった。例の機械が喋る無機質な女の声だ。コノヤロ気分になってほかのもうちょっと遠い教習所に電話した。

「現在混み合っていますから改めてかけなおして下さい」

また同じだ。「ん?」という気分だった。

別のところにかけなおした。やっぱり混んでいるらしい。近頃の国民総長寿化はこういうところにも反映しているようだ。

だんだんめあての場所は遠くなっていく。どうせ一日つかってクルマで行くのだから東京都のハズレのほうでもいいかもしれない。そういうところならすいているだろう。

やっと申し込みができたのは東京の西、多摩市にある自動車学校だった。

いつ行ってもいいわけじゃなくて日時が決まっているらしい。そこで行ける日を申し込んだ。

バナナとラッパは?

どういう段取りになっているか全然わからないがまず「時間に遅れないで下さい」と言われた。初めて行くところだから緊張してすごく早めに出たらすごく早く到着してしまった。あたりまえだな。定刻まで待たねばならない。待合室にいると一時間ぐらいして受講するらしい年配の人がゴキブリじゃないけどチラホラ出てきた。

むかしの受験気分を思いだした。噂では最初にその日の年月日とか時刻などを聞かれるらしい。普段カレンダーと関係ない仕事をしているので、待っているあいだに本日は西暦何年で平成何年で何月何日何曜日か、などを記憶することにした。驚いたことにぼくは普段使わないので平成何年なのか正確には記憶していなかったのだった。気がついてよかった。

教習所は全体に森閑としていた。平日の午後は一般の運転教習にくる人も少ないようだった。

長くじれったい待ち時間が経過し、やがて「高齢者講習を受けるかたはこちらに」と係の人が案内にきた。そこに同じくらいに年配の人が集まってきていた。一二人だった。教室に移動し、みんなおとなしく椅子に座って待っていたがなかなかコトははじまらない。

この不思議な状況はなにかに似ているな、と思った。ほぼ同じ世代なので「同窓会」の雰囲気だ。しかしそれだとオメー糖尿病になってないか、とすっかりハゲたなあとか、嫁が意地悪をするとか、誰々はガンだとか、顔を合わせたとたんそういう話でかまびすしい。

ハイヒールのおばあちゃん

教室ではみんな黙って待っている。やっぱり同窓会とは違う。そうだ。思いだした。一年前にタクシーに乗って高速道路を走っているとき霞が関トンネルの前で追突され、はじめて救急車で虎の門病院に搬送されて、それ以降しばらく整形外科に通っていたときの待合室の気配だ。老人が多く、みんな黙って順番を待っている。あの雰囲気だ。

話もどると、やがてその日の担当らしい指導員が二人やってきた。我々よりも一〇歳は若いだろう。でももうじき定年という世代だ。教習所だけで通用する「先生」なんだけれど言葉遣いが最初から軽かった。自分の名を言って「本日はご苦労さまです」ぐらいの常識ある挨拶すらできない。自分らよりも間違いなく一〇歳以上年上の老人たちを相手にするコトバ遣いではない。受講者のなかにはもと大企業の重役などをやっていたヒトがいるかもしれない。大学教授とか大病院のドクターなんてのもいるはずだ。でもみんな頭のなかで「バナナ、スイカ、ラッパ」などと予備学習しているのか黙っておとなしく聞いている。

指導をする「先生」らはたぶん通常の免許取得教習に来ている若い連中を相手にしている習性が身についてしまっているのだろう。

いきなり「じゃあ、まず受講料を」と言って個別のビニール袋に各自お金をいれるように指図する。五一〇〇円。妙に半端な額だ。それはどういう名目の金額でどういうあんばいで五一〇〇円なのか。本当は説明しなければいけない筈なのにあたりまえのように徴収する。受講する一二人はおとなしくお金をビニール袋にいれる。

一二人のうち二人は女性（というかまぁおばあちゃんね）だった。そのうち一人はなんと！ロングドレスにハイヒールだ。おとっつぁんの中にも三ツ揃えのスーツの人もいて「なめんなよ」と黙って言っている。わあ、面白い世界だ。

続いて各自に何枚かの調査ペーパーが配られた。いよいよバナナにラッパか！と緊張したが、設問はいろいろあったけれど要約すると「運転は楽しいか」とか「よく運転するか」とか「夜間の運転に支障はないか」というようなごくあたりまえのことばかりだった。バナナもラッパも出てきません。ぼくの疑問は、こんな調査で何をどうするつもりなのか、ということだった。あとでわかるがこれは本質的に高齢者の免許更新にまず関係ないシロモノだった。簡単にいえば意味のない権威づけ。まあその設問に「おれはやがて五人ひき殺したい」などと答える人がいたなら話は別だが。

「あたりまえ」の実車指導

そのあと実際にクルマに乗っての指導になった。初めて免許をとるときに何度も教習所内のコースを走ったのを思いだす。

指導員一人（さっきの親父）と指導を受ける三人で一チーム。そのときのならびかたの順番で女性（さっきのおばあちゃんね）二人とぼく（おじいちゃんね）だった。実車指導車は通常の練習コースで、クルマはオートマチックだった。免許を取得したときはマニュアルだったから、このへん時代の変化を感じますな。

三人は同乗して順番に運転指導を受ける。最初はなんとあのハイヒールのおばあちゃんだった。指導員もさすがに「ハイヒールですか」と言っていたがそのままだった。でもこの人は運転がうまかった。続いてもう一人のおばあちゃん。この人は誰にともなく「わたしはバイクなのよ。ハーレーダビットソン。大型なのよ」としきりに言っていた。やがてそう言っている意味がわかってきた。ふだん自動車にはあまり乗っていないらしく運転は荒っぽくてあちこち路肩のコンクリートに乗り上げている。

コースはよくあるように直線、カーブ、クランク、段差乗り上げストップ、指定場所停車などというもので、まあ簡単といえば簡単。だっておれ（急にイバリ口調になるが）、これまでモンゴルの荒れ野を三〇〇キロ走ったりチベットの四〇〇〇メートルルートをオンボロ車で山越えしたりシベリアのマイナス四〇度を走ってきたんだからよう。

視覚検査は重要

そのあと視覚関係の検査があった。これは専門の機材をつかっての検査で、ほかではお目にかかれない意味のあるものだった。

まず「視野角度」。はじめての体験で重要と思った。年齢ごとに視野角度は狭まってくるらしい。続いて「動体視力」。次は「夜間視力」と「眩光下視力」。夜間運転にかかわる検査だからこれも有意義だ。

運転技術のほうの採点は、方向転換指示、段差乗り上げストップ、信号確認、交差点手前の徐行、一時停止、安全確認、などといったあたりまえのものでわざわざ指導を受けるほどのことでもない。全体の流れのなかでかなり高額と思える費用をとっているからその代償、というふうにしか思えなかった。

全員の講習が終わってから東京都公安委員会印と赤い大きな印鑑が押された「高齢者講習終了証明書」なるものをありがたく頂く。

一二人の講習生がどんなテスト結果をだしたのかわからないが、とにかくその日は全員がそれを頂いた。「すぐさま五人ひき殺したい」などという人はいなかったのだろう。ハーレーのおばあちゃんも「合格」していた。

高齢域に入ってきてこれからこういう講習を受ける読者のみなさん。この講習ははっきりいってたいしたことはありません。全体の感想としてはある程度の高齢になったらこうした指導を受けるのは自身にとっても他人にとっても必要だし大事だとは思うけれど、こういうことはあまりにも個人差が大きすぎるので、いまのやりかたはもう少し改善すべきだろう、とも思った。

運転環境を考えた交通法規を

最近、高齢者による交通事故があまりにも多すぎるのには緊張します。九〇歳のドライバーが暴走して死傷者がでたり八五歳のおばあさんが人をひいて、禁錮刑の判決を受けたり、あまりにもひどい事故が頻発している。だからこういう講習は必要とは思うけれど、クルマを走らせる場所や道路状態や周辺環境のことを考慮した現代に即した新しい交通法規の必要性を感じた。

まず一刻も早く検討すべきは都市部と過疎地区とをわけて考える、ということだろうか。たとえばいま問題になっている限界集落と、都会の道路環境はまるで別の規範で考えるべきではないか、ということである。

牛やネコぐらいしか動くものを見ないような過疎地区を運転している人がいきなり時速一〇〇キロ、車間距離一〇メートルぐらいでぶっ飛ばしている首都高速に入り込んできたらどうなるのか。ぼくがトンネルの前で追突される直前に急停止したのはそういうクルマだったのだろうか。

過疎化がすすみ店もないし行政の支援もない集落では公共バスもなくなり、さらに高齢化により一人暮らしを強いられている老人は自分で運転できるクルマがないと生きていけない、という例が増えているらしい。そういう環境にいる人は今の一律の交通法規のどこかを改善して、都心に住む人よりももっと緩い規則のなかで守ってあげていいのではないだろうか。

逆に無意味にただむしゃくしゃするからといって都心をぶっ飛ばしている深夜の暴走族なんかの取り締まりをもっと一律に強固にして重い罰則を科す（懲役一〇年とか）という規制などがあっていいと思う。やつらの巻き添えをくって死傷した人を何人か知っているのでこれについては過激な意見になりますな。

交通法規を通行人も知らないと

もうひとつ。ぼくは新宿の西のほうに住んでいるのだけれど、そのあたりの道はこまかく交差分岐している。

自宅に帰るために運転していてこれほど怖い道はないな、とよく思うのだが、路地から子供や自転車に乗ったおばさんなどが左右も見ずにいきなり飛び出してくることがしばしばある。

ゴビ砂漠を運転しているよりも東京の自宅付近がいっそう怖い、という道路環境はあまりにもヘンだ。外国から来た友人などを乗せてそういう道を走ると悲鳴をあげている。二台のクルマがやっとすれ違えるところをなんとか通過するとあんたはマジシャンだ、などとも言う。

東京の住宅地の細い道路はことごとく一方通行にすべきだと思う。そういうことを言うと、行政は「地域住民から苦情があってなかなか実現は難しい」などとすぐ言うのだろうが、クルマはあっというまに遠回りして一方通行ルートで入ってこられるのだから、人間中心に考えるべきじゃないかと思う。そうすればクルマもヒトも絶対ストレスが軽くなると思う。

それに関連してついでに言うが、交通安全のために子供やママたちにいろいろ指導するのは大事だが、運転免許を持っていない人へ交通ルールをもっと広く伝搬すべきだ。運転の講習を受けないと交通法規を知らない人になる。たとえばクルマを運転しない人は「優先道路」のシルシなど知らないだろうし一時停止のマークを理解しても注意まではしていないはずだ。その結果、路地から自転車でいきなり飛び出してくるのじゃないだろうか。

若いママなどが自転車の前と後ろの席に子供を乗せて路地から飛び出してきたりすると恐怖で背中がゾクゾクする。

交通安全週間のおりにスローガンや警告の垂れ幕をいっぱい並べたり交通安全のためのパレードをやっているよりも「おばさん、ママさん交通安全教室」などを開催してほしい。

まあいろんなことを書いてきましたが、冒頭書いたバナナやラッパの話はどうやらもうひとつランク?が上の七五歳以上で免許更新しようとする場合の例らしい。認知機能検査（手数料七五〇円）というのを受けてそれを通過すればやっと高齢者講習を受けられるらしい。

値段もあがって七九五〇円もかかる場合も。高齢者を道から追い出そうとする国家の意図を感じますな。しかも混雑でこれらの受講の予約がなかなかできなくなっており、困っている人が増えているようだ。

今、若い人が自動車に乗らなくなってきており自動車教習所は年々減少しているらしい。二〇〇七年末に全国に一四二四校あったのが二〇一七年末には一三三〇校に減っており、経営難をむかえつつあるらしい。新規の免許取得者のほうが利益があるため、いきおいあまり儲からない高齢者の検査を後回しにしている、と新聞に出ていた。

最後に告白したいことがある。ここで書いてきた高齢者講習が終わってほぼ一週間後、ぼくは高速道路で追突事故をおこした。生まれてはじめての加害事故だった。その場所が先に書いた追突された霞が関トンネルの、今度は出口のほうだった。あのトンネルのある高速道路はもう走りたくない。双方のクルマは破損したが、幸い先方の運転手もぼくも怪我はなくごく普通の示談で解決した。

その事故の原因はわしはなあ高齢者講習を受けたんだからな、というぼくのゴーマンだったんだな、と本気で反省しています。

あとがき

旅にからむ話とぜんぜんからまない日常お茶碗靴枕的話題（わかりますね）が混在した一冊です。

旅がらみの話の最初は、中学生の頃に友達とやっていたキャンプごっこで、まあきわめて幼稚ながら、親元から離れて親しいともだち三〜四人と、町から歩いて一〜二時間のところでなんの必然性もなくキャンプする、という話で、そのあけぼの頃の話をこの本の表題にしました。

思えばそれからずっと今日までぼくはいろんなところへいく旅を続けています。さすがに最近になると真冬の雪の中なんかにわざわざテントを張って震えながら寝袋で一夜をすごすなんて辛い旅はしなくなりましたが、一〇年ぐらい前まで北極圏などでまだそんな旅をしていたのだから我ながらバカです。

だから本書はわがマタタビ人生をところどころで振りかえり、つくづく「オレはヘンな奴だったなあ」と思いかえす、という構成になりました。

実は友人らとテント合宿する、ということはまだやっていて、これは「わしらは怪しい雑魚釣り隊」というタイトルで週刊誌に月一回の頻度でもう一五年ほど連載記事を書いています。

青年ぐらいのやつから親父までメンバーは三五人ぐらいいて、毎月そのうちの二〇人ぐらいが全国の主に海べりでキャンプしています。

タイトルにあるように「釣り」をテーマにした全国旅です。行くところは日本全国。外国にまで行くのでハンパじゃないのです。

テント泊にこだわるのは一晩の宿泊費が安いからです。二五人のキャンプでもタダということもあります。これが民宿だとたとえ一人五〇〇〇円としても軽く一〇万円以上出費してしまいます。サケをうんざり飲むから一五万をくだらないのですなあ。バカですなあ。

二日間いるとしたらその倍。断然キャンプのほうが経済的です。

しかしキャンプだと三食の飯は自分たちでつくらなければなりません。だからおかずは海から無料で仕入れてきます。もう一五年ほど続けているので精鋭釣り部隊は五〜七人ぐらいいてかなり本格的になっているから島などにいくと三〜四〇センチぐらいのサバを四〇匹、シマアジを五〇匹ぐらい釣ってきてしまうから二〜三泊ぐらいだったらみんな腹いっぱいそれらの刺し身定食、握り寿司（最近流れ者の本職の寿司職人が入隊した）なんかを食っては「うめえよおーー」などと月にむかって吠えています。

昨年（二〇一八年）の夏は能登半島に二〇人で三泊しましたが高級魚のアラ（八〇センチはあった）を三匹、その半分ぐらいのを一〇匹、やはり八〇センチぐらいのタイを釣ってそれで毎日新鮮な魚の焚き火宴会をやってきました。

話題豊富。酒屋の引っ越しかと思えるくらいのサケ類を飲んで焚き火を囲んで「ウメエヨー」とやっぱり月を見て吠えていたのです。

その行状記は『週刊ポスト』に月一回の連載をしているので「わしらは怪しい雑魚釣り隊」としてシリーズ本がもう六冊出ています。最新刊は『おれたちを跨ぐな！わしらは怪しい雑魚釣り隊』というタイトルです。

まあ雑魚釣り隊だから釣れないときは雑魚ばかり。まずい魚はネコも食わない「ねこまたぎ」といいますからタイトルはそうなったのです。でも釣れないときの話のほうが面白かったりするのです。みんなすぐさま走っていって買うように。まあそういう大宴会の初期の頃の話がここにはいろいろ並んでいるというわけです。

明日からは宮古島だあ。

二月の寒空の下にて　　椎名誠

【初出一覧】

Ⅰ　マゼラン海峡航海記―「SINRA」二〇一七年一一月号・二〇一八年一月号

Ⅱ　わが天幕焚き火人生―「SINRA」二〇一八年三月号・二〇一八年五月号

Ⅲ　「なめんなよ！」とカニさんが言っている

1　泥蟹をほぐしながら――「SINRA」二〇一七年七月号

2　それでも地球はまわってる

世界お正月くらべ――「サンデー毎日」二〇一五年一月一八日号

ゾンビネコ――「サンデー毎日」二〇一五年三月八日号

ホテル・リッツでの出来事――「サンデー毎日」二〇一五年三月二二日号

中国に「茶黄色革命」はおきているのか――「サンデー毎日」二〇一五年四月五日号

汚らしい日本――「サンデー毎日」二〇一五年一月二五日号

人類は皆兄弟ではない――「サンデー毎日」二〇一五年三月一日号

ホウキ星捕獲ミッション――「サンデー毎日」二〇一四年一二月七日号

Ⅳ　さしたることもない日々に

変事二話――「サンデー毎日」二〇一四年一二月二一日号

迷惑な拾得物――「サンデー毎日」二〇一四年一二月二八日号
ポケットに数珠が――「サンデー毎日」二〇一四年一一月三〇日号
テレビぶらぶら――「サンデー毎日」二〇一四年一一月二三日号
苦あれば楽あり苦あり――「サンデー毎日」二〇一五年一月四日号
お掃除ロボット「ルンバ」に恋して――「サンデー毎日」二〇一五年二月一日号
冬の夜の映画館――「サンデー毎日」二〇一五年二月二二日号
日本一、勝山左義長まつり――「サンデー毎日」二〇一五年三月一五日号
雑魚釣り隊、ピカピカアジで大宴会――「サンデー毎日」二〇一五年三月二九日号

〔巻末付録〕交通事故顛末記
1　いきなりドカンと交通事故――「サンデー毎日」二〇一七年十二月三日号
2　「高齢者講習」を受けてみました――「週刊新潮」二〇一八年六月二一日号

〔口絵写真〕椎名誠
〔本文挿画〕沢野ひとし

椎名誠（しいな・まこと）
1944年東京都生まれ。作家。写真家、映画監督しても活躍。「本の雑誌」初代編集長。『さらば国分寺書店のオババ』（1979年）でデビュー。『犬の系譜』で吉川英治文学新人賞を、『アド・バード』で日本SF大賞を受賞。小説、随筆、紀行文、写真集など著書多数。近著に『世界の家族　家族の世界』（新日本出版社）、『われは歌えどもやぶれかぶれ』（集英社）など。
●「椎名誠　旅する文学館」（http://www.shiina-tabi-bungakukan.com）

わたしの旅ブックス
008

わが天幕焚き火人生

2019年3月28日　第1刷発行

著者――――――椎名誠

編集――――――佐々木勇志・峰岸亜衣（産業編集センター）
ブックデザイン――マツダオフィス
DTP――――――角 知洋_sakana studio

発行所――――――株式会社産業編集センター
〒112-0011
東京都文京区千石4-39-17
TEL 03-5395-6133　FAX 03-5395-5320
http://www.shc.co.jp/book

印刷・製本――――株式会社シナノパブリッシングプレス

ISBN978-4-86311-216-2